仏教小説

王舎城の悲劇

物語で読む浄土真宗

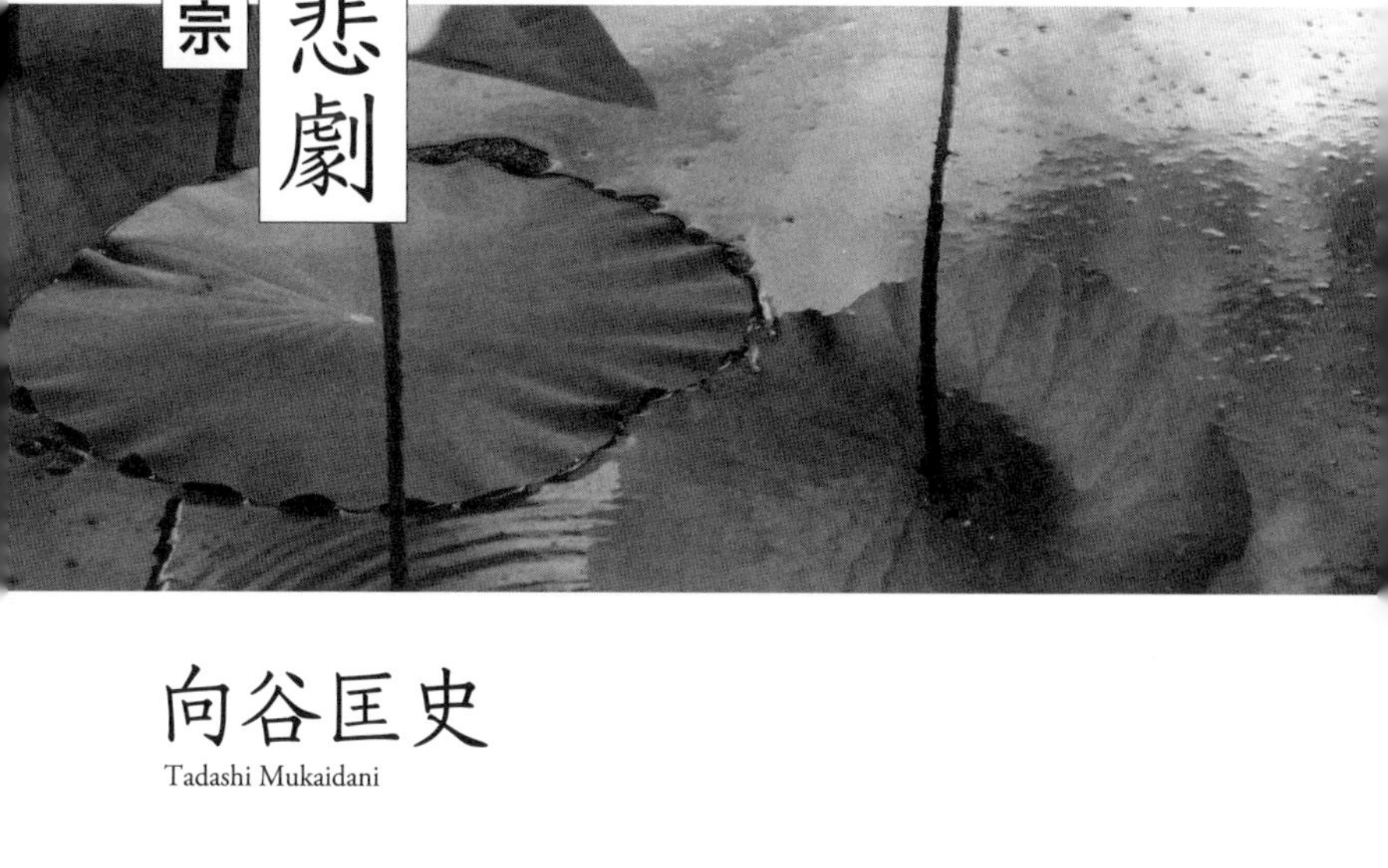

向谷匡史

Tadashi Mukaidani

草思社

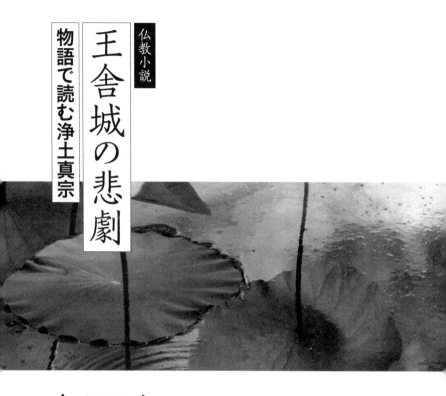

仏教小説

王舎城の悲劇

もくじ

第三回講義 101

第六回講義　239

プロローグ——悩める四人は、カルチャー教室をめざす

師走にはいってまもない夕刻だった。

四人の男女が、それぞれのおもいをかかえ、それぞれの道順で銀座カルチャー教室の仏教講座にむかっていた。

講座のテーマは「王舎城の悲劇」。経典に書かれた実在の物語で、これを僧侶が六回にわたって解説するというものだが、四人の目的は仏教の教義自体を学ぶことではなく、講座案内のチラシに書かれた《苦悩の本質を、お釈迦さまがときあかす》という一語にひかれてのことだった。

受講料は一万二千円。この費用で不安や苦悩から解き放たれるとしたら安いものだが、それだけに四人がこの講座にさして期待していなかったとしても不思議ではあるまい。「ちょっとのぞいてみるか」——そんな軽い気持ちだったと、六回の受講が終わったあと、彼らは感激の面持ちで一様に語ることになる。

地下鉄丸ノ内線を銀座駅でおりたのは、傷害罪で府中刑務所に服役し、十日ほどまえに出所した山城穣治《やましろじょうじ》だった。駅の階段を肩をゆすりながら地上にあがっていき、数寄屋橋交差点にでたところで歩行者用信号が赤にかわった。

顔をしかめて舌を鳴らす。

不条理のヤクザ社会で二十年も生きていると、なんとなく運気の流れといったものを無意識に読むようになるのだろう。

(行くなってぇことかな)

横断歩道でたちどまり、胸のうちでつぶやいた。

冷たい風が地を這うようにして足もとから吹きあげ、山城は黒いカシミヤのコートの襟をたてた。陽はすでに暮れ、ネオンの点滅が明るさを増して信号待ちする人々にせわしなく陰影をつくっている。高級車をのりつけるのならともかく、いい歳をしたヤクザが地下鉄にのるという器量のなさに、山城はいささかの気恥ずかしさをおぼえてもいた。

年老いた父親の介護は頭の痛い問題だった。出所した夜から女房とそのことで口論になっている。肩で風切って歩こうとも、人生の厄介事は針のムシロだった。他人に相談するわけにもいかない。パンチパーマのコワモテが悩みをかかえて悶々としていようなど、世間はおもいもしないことだろう。

仏教講座など関心のほかだが、たまたま目にした案内チラシの惹句《じゃっく》――《父親殺し》

という一語に引っかかった。二千五百年まえ、インドで実際におこった王家の骨肉の争いをテーマとしたものだという。

だが、坊主の解説をきいて、それがどれだけ現実生活の役にたつというのか。自問すれば鼻で笑うしかなかった。男伊達のヤクザが仏教講座にもうしこむなど、どうかしていたのではないか。四年の刑務所暮らしでヤキがまわったのかもしれない。

(仏教講座なんざよして、新宿で熱い酒《やつ》を一杯やって帰《けえ》るか)

踵《きびす》をかえそうとしたとき信号が青にかわった。片側三車線のスクランブル交差点を歩行者が群れをなしてわたりはじめる。山城は人波に押されて、足を踏みだしていた。

(こりゃ、行けってぇことかい)

ヤクザは気持ちを切り替えるのもはやかった。


同時刻——。

大急ぎで仕事を片づけた羽田加世子《はだかよこ》が、大手町の本社オフィスからタクシーで銀座にむかっていた。電車にのれば二駅だが、駅階段の昇降は意外に時間をくう。それに、大手広告代理店に勤める彼女は、仕事に要した交通費として精算すれば会社から支払われる。タクシーは日常の足だった。

ルイ・ヴィトンのトートバッグからスマホをとりだし、息子の卓也にＬＩＮＥする。

《食事はすんだの？》
ぶっきらぼうな返信がすぐさまかえってくる。
《すんだ》
《カレーは温めた？　スープは？　デザートのパイは冷蔵庫にあるからね》
返信したが、既読スルーされた。
卓也は悩みの種だった。来春は中学三年生になる。小学三年生から進学塾にかよわせ、片親は不利といわれながらも、名門と世評の高い私立の中・高一貫校に見事合格してくれた。つぎは高校、そして大学、就職と洋々たるわが子の前途をおもい描いていた。シングルマザーの加世子にとって、ひとり息子の卓也は人生そのものだった。
歯車が狂ってきたのは卓也が中学二年に進級してからだった。塾をサボる。成績もさがる。叱責すると悪態をつく。反抗期かとおもったが、それにしては年齢がすこしはやいのではないか。担任に相談したのでは卓也の内申評価にかかわる。
どうしていいかわからない。不安から叫びたくなる。母子家庭とはいえ、あれほど幸せだったのに、どうしてわたしがこんな苦しみを味わわなければならないのか。寝つけぬまま自室でネットサーフィンをしていて、この仏教講座のことをしる。《わが子を殺そうとしたイダイケ夫人の苦悩》という案内チラシの文面にドキリとした。仏教によってなにがどう救われるのか見当もつかないが、六回で一万二千円。一杯飲む金額だ。捨て金になっても許容範囲である。PRプランナーの加世子はなにごともコスパで判断する。

「つぎの交差点の手前でとめて」

運転手につげてからコンパクトをとりだすと、鏡をのぞきこんで化粧をたしかめた。


JR有楽町駅でおりた又吉春樹《またよしはるき》は、駅前の「吉野家」で牛丼をかきこんでから銀座マロニエ通りを歩いていた。街路樹を飾るLEDのイルミネーションが冷たく輝いている。案内チラシによると、カルチャー教室はこの通りを行き、銀座のメインストリートである中央通りの一本手前を左に折れてすぐのビルの三階だった。

前方から真っ赤な耳当てをした若い女が、スマホに目をおとしながら歩いてくる。春樹がたちどまった。動かない。長身瘦躯《そうく》が電信柱のようだった。女が春樹の鼻先でハッと顔をあげた。小さな叫び声と同時にスマホが歩道のコンクリで跳ねた。女が顔をゆがめ、春樹が鼻を鳴らす。自業自得。ぶつかるのが嫌ならまえを見て歩けばいい。相手の親切心など期待するほうがまちがっているのだ。春樹は勢いよく足を踏みだした。

三年つづけて東京大学の受験に失敗してから、世のなかを斜《はす》に見るようになった。その自覚は春樹にもある。キャリア官僚である父親に無能呼ばわりされたことへの反発だけでなく、高校時代、いじめにあったことも影響しているのかもしれない。担任が心配してくれたが、それは保身のためのポーズにすぎず、なにひとつ解決はしなかった。世間は欺瞞《ぎまん》で成り立っている。身をもってさとったことだった。

そして、欺瞞に対しては憤るのではなく、冷笑することで自分の感情に折り合いをつけるすべを身につけた。世間も人生もすべて自己責任で完結するものとするなら、弱者や躓《つまず》いた人間に対しては同情も理解も不要なのだ。

春樹は電車で年寄りに席をゆずることは絶対にしない。座りたかったら、座る工夫と努力をすべきなのだ。それを放棄し、他人の親切を期待してキョロキョロ周囲をうかがうのは滑稽で、あさましくて、冷笑の対象以外のなにものでもないと考えるのだった。

仏教講座にもうしこんだのは、カルチャー教室の講座一覧をたまたま新聞広告で見たのがきっかけだった。《苦悩の本質を、お釈迦さまがときあかす》というおもわせぶりなコピーが目をひいた。六回の講義で一万二千円。それでも十人集まれば十二万円、三十人なら三十六万円になる。これを連日、場所をかえてやったらどうなるか。ユーチューブで展開するのもおもしろい。今後のビジネスの参考になりそうだとおもった。

坊主がどんな屁理屈をふりまわすのか、それをしりたかった。コンビニでバイトする身に一万二千円は痛手だが、費用対効果を考えれば安いものではないか。

及川耕一《おいかわこういち》は練馬の自宅を昼まえにでた。映画館によってからカルチャー教室に行くつもりだった。銀座まで電車をのりついで一時間ほどなので、午後からでかけてちょうどよかったが、嫁の早苗に昼食の用意をさせることになってしまう。はやめにでて外で食べてくれればいいのに——自分ならそうおもうにちがいない。

妻を亡くした翌年、還暦で退職して息子夫婦と同居し、一年余がすぎていた。耕一自身、父親の生前に同居した経験があるので嫁の苦労はわかってはいたが、〝嫁ファースト〟でやっていけば問題はおこるまいとおもっていた。小学校へあがったばかりの孫娘と暮らすのも楽しみだった。いまおもえば孤独という名の魔がさしたのだろう。はたから見れば仲睦まじい家族に見えるだろうが、息をつめるようにして毎日をすごしていた。

銀座カルチャー教室の仏教講座は、たまたま目にした仏教雑誌でしった。人生の残り時間を気にする年齢になって仏教に関心をもつようになった。「王舎城の悲劇」については、耕一の実家が浄土真宗であったからか、若いころ宗門の機関誌かなにかで読んだ記憶がある。内容はよくおぼえていないが、たしか「父親殺し」の物語だった。《苦悩の本質を、お釈迦さまがときあかす》という一語にも気をひかれたが、一万二千円の受講料で半日が六回にわたってつぶせることも魅力だった。

映画は有楽町で観た。前々から楽しみにしていたドキュメンタリー映画で、東大の教室でおこなわれた三島由紀夫と全共闘との論争だった。ちょうど耕一が大学生の時代だ。耕一は学生運動の周辺にいて、ノンポリに毛が生えたような存在ではあったが、それでも理想が現実《リアル》を破壊しようとした〝熱い時代〟を共有した。自分にも若者らしい一途な情熱があったとおもう。

大学を卒業して中堅商社に就職し、「生きる」とは現実という枠組みのなかで格闘することだとおもいしらされた。それから数十年がまたたくまにすぎ、ひとつ屋根の下の人間関係にすら不満をいだき、鬱屈として生きている。

（人生ってこんなものなのか？）

自問すれば、答えをさがしあぐねてますます苦しくなっていくのだった。

仏教講座にその答えがあると安直に期待するほど若くはない。だが仏教には、現実を超越した価値観と生き方があるのだろうということは漠然とわかっている。それにふれてみたいというおもいもあった。師走の寒風に背を押されるようにして銀座四丁目の三越をすぎ、松屋のまえで中央通りをわたった。


銀座カルチャー教室の講師控え室——。

配布資料を確認していた老講師の秋葉《あきば》修道《しゅうどう》が、満足そうにうなずいてテーブルから顔をあげた。

講義の進め方は一カ月をかけて念入りに準備した。世継ぎである太子のクーデター事件を縦糸とし、それにともなう個々の出来事に仏教的な解説をくわえ、これを横糸にすることにしたのだが、両者のバランスをとるのがむずかしかった。物語に偏重すれば、おもしろくはあっても仏教解説が希薄になるし、その逆だと難解に流れて受講者はアクビをするだろう。

そこで物語を小説の形にして区切りがいいところまで朗読し、解説をはさみつつ再び朗読にもどるというサンドイッチ方式を考えた。これなら退屈しないですむのではないか。物語と解説をきっちり分けるので混乱することもないだろう。

ところが、小説形式に書きおこそうとしてハタと困った。資料本の多くは仏教解釈が主眼で、物語はそのための材料としてあつかわれているだけなのだ。しかも、「王舎城の悲劇」は歴史的事実であっても、二千五百年まえの事件だ。経典によってとらえ方がすこしずつちがっているのはともかく、経文は箇条書きのレジュメのようなものなので、仏教解釈も視点によってかわっている。

つまり、どこに立脚して読みとり、物語にしていくか。もっといえば、「王舎城の悲劇」をとおしてなにをつたえるか、ということだ。《苦悩の本質を、お釈迦さまがときあかす》とチラシにうたってある以上、結論はハッキリしているのだが、そこに導くまでの構成は一筋縄ではいかない。難儀しながら、修道はやっとこさ一篇の物語として完成させたのだった。

鼈甲《べっこう》のメガネを外すとおしぼりを顔にあて、ついで剃髪《ていはつ》した頭を丹念にぬぐった。歳のせいで顔の脂はあまりでなくなったが、頭はあいかわらずベトついた。頭髪を剃っていても毛根は生きているため、脂がにじみでてくるのだろう。

「坊主は還暦からやでぇ」

といったのは、本山の宗務長だった。いまから十三年まえ、修道が六十歳を迎えたときのことだった。若い坊主がいくら頑張って説法しても、「おまえさん、人生でどれだけ苦労してるねん」――そういわれたら、どんなにありがたい話もたちどころにこっぱみじん。だから坊主は還暦から、という励ましでもあった。

それから十年がすぎ、古希を機に修道は住職を長男にゆずった。広島県山間部の大寺だが、長男は過疎という時代の流れからいずれ関東に進出すべく、都内世田谷に中古マンションを購入して、ここを東京分院としていた。引退した修道は一年のほとんどをこのマンションで暮らし、法話にでむいたり、カルチャー教室の講師などをしてすごしていた。長男の嫁は、ほどほどにして寺に帰ってきたらどうかといってくれる。その言葉にウソはないことはわかっているが、七十をすぎれば言葉は甘えぬうちが花であることも承知している。たまに帰るからいいのだ。

ドアがノックされた。

「修道先生、お時間です」

係りの若い女性事務員が顔を見せてつげた。

第一回講義

仏教はなにを説いているのか

カルチャー教室／講師の解説と聴講生たち

四十席の椅子席はほぼ埋まっていた。

仏教講座は女性のほうが多いものだが、男性と半々くらいだろうか。「太子のクーデター事件」という仏教らしからぬテーマが興味をひいたのかもしれない。年配者にまじって実年世代が目についた。都心のカルチャー教室らしく、椅子のそれぞれに小さなテーブルがついていて、カーテンはおちついた淡い緑色、そして天井の昭明もおしゃれな雰囲気だった。

黒い法衣に輪架裟《わげさ》をつけた修道が入室すると、配付資料に目をおとしていた受講生たちがいっせいに顔をあげた。

「ようこそのおいででございます」

修道が教壇で好々爺《こうこうや》の笑顔を見せ、

「巷はジングルベルがにぎやかですな。坊主のわたしもおもわずハミングしてしまいました。クリスマスソングで戦後の日本にキリスト教文化をひろめたのですから、歌というのは力がありますな。ナンマンダブ、ナンマンダブではこうはいかない」

　小さな笑いをとってから、「ジングルベルといえば、キリスト教やイスラム教といった世界宗教と仏教は、どこがちがうかおわかりですかな」と話をついでいく。

「たいてい宗教というのは天上に神さまがいて、その下に人間がおる。上下の関係ですな。だからアメリカの大統領は就任にさいし、聖書に手をおいて宣誓する。人間はけして神さまにはなれない。ところが仏教は、どうすれば自分がさとりの世界へ到達できるかを説くもので、誰もがお釈迦さんになれる。仏になれる。お釈迦さんのことをブッダともうしますが、これは人の名前じゃない。本名はゴータマ・シッダールタで、ブッダとは〝目覚めた人〟という意味ですな。なにに目覚めるかといえば〝苦の根源〟がなんであるかをしることで、この目覚めをさとりというております。どうぞ、この講義をご縁として苦の根源に気づき、ブッダになるための第一歩を踏みだしていただければ幸いです」

　言葉を切って全体を見まわし、受講生たちがうなずくのをまってから、

「お仕事でお疲れの方もいらっしゃるでしょう。眠くなったら遠慮なく船を漕いでくださって結構。仏法は毛穴からはいるともうしましてな。理屈でなく、〝あっ、そうか〟ともいあたることがなにより大切かとぞんじます」

　さて――と言葉をあらため、

「講座のご案内にあるように『王舎城の悲劇』は息子が父の王位を奪うという二千五百年

まえの事件です。『観無量寿経《かんむりょうじゅきょう》』や『華厳経《けごんきょう》』といった著名な仏教経典だけでなく、ジャイナ教の経典にもでてきますから、インドでは大変な事件だったということがうかがえますな。なぜ父を殺してまで王位を奪おうとしたのか、母はそのときどうしたのか、そして王位を奪った息子はその後どうなるのか――。

この事件にはお釈迦さんが登場してまいります。お釈迦さんの甥《おい》で、お釈迦さんを殺して教団をのっとろうとする悪役僧侶のダイバダッタ（提婆達多）も登場する。人間が普遍的にかかえる欲望と苦悩がこの事件にあることから、今日的テーマでもあります。わたしたちがいまを生き、これからを生きるうえで、かならずや人生の灯明になるのではないかとおもうしだいであります」

前口上がおわり、修道がテキストを手にとった。山城穰治も、羽田加世子も、又吉春樹も、そして及川耕一も修道に注目する。修道は咳払いをすると、水をひと口含んで朗読をはじめた。

いまから二千五百年まえのインドの北東部、ガンジス川中流域の広大な平原にマガダ国があった。標高三百メートルのギッジャクータ（霊鷲山）を中心に四つの山――ヴェーバーラ（負重山）、イシギリ（仙人掘山）、ヴェープッラ（廣普山）、パンダヴァ（白善山）が稜線を接して五山と呼ばれ、盆地になった一帯は要衝の地を形づくっていた。

マガダ国の首都である王舎城は、いわゆる「城」ではなく、宮殿を中心として四十キロにおよぶ城壁で囲んだ城塞都市のことをいった。インドの言葉で「ラージャグリハ」。ラージャ（王）の住むところ（グリハ）――「王舎城」とはそういう意味だった。

また、この地方には上等の吉祥香茅《きつしようこうぼう》（かや）を産することから、王舎城は上茅宮城《じようぼうぐうじよう》とも呼ばれた。土地が肥沃で農業が栄える一方、鉱山から鉄や銅を産出し、さらに羊毛など毛織物も盛んで、マガダ国は富裕の大国であった。

五月の夕暮れ――。

大臣のアバヤが数人のお供をしたがえ、館《やかた》に帰るため馬車で宮殿をでた。太陽は平原の彼方にあって、残照を引きずりながら五山の稜線に消えようとしていた。身を焦がす暑期の灼熱も日がおちていくぶんすごしやすくなってはいたが、この時期の湿度は依然として高く、無蓋の馬車にゆられるアバヤの白いターバンから汗が筋になって流れていた。

アバヤはむずかしい顔で前方に視線をすえながら、いましがた「王の間」でかわした実兄ビンビサーラ王とのやりとりをおもいかえしていた。

——おまえは、いつまで手をこまねいているんだ！

ビンビサーラは声を荒らげた。アバヤより二歳年長の二十四歳。十五歳で亡き父ボーディサ王の跡をついで即位してまもなく十年がたとうとしている。若いだけに実弟にいらだちを隠さなかった。

——戦争をすれば多くの民が犠牲になります。

アバヤが控え目な口調でいいかえす。

——むこうが攻めてくればおなじことだ。

——攻めてくるでしょうか？　平穏な関係がつづいております。

——虎が昼寝しているからといって猫になったわけじゃあるまい。腹が減れば牙を剝いて襲いかかってくる。昼寝している隙に殺すことだ。

——しかし……。

という言葉をアバヤは呑みこんだ。

マガダ国の北方に位置するコーサラ国とは長い歴史をつうじて覇を争ってきたが、コーサラ国のプラセーナジット王は、美貌で近隣諸国にきこえた妹のイダイケをビンビサーラに嫁がせ、姻戚関係を結んだ。政略結婚であるとしても、いや政略結婚だからこそ、プラセーナジット王はマガダ国と友好な関係を保とうとしている。あえてこちらから戦争を仕掛ける必要はないのではないか——アバヤはそういいたかったのだが、まさか兄嫁のイダイケを引き合いにだして説得するわけにはいかなかった。

——ところで、シャーキヤ国の太子は見つかったのか？

ビンビサーラが話題をかえたのは、話の打ち切りを意味していた。

——バンダヴァ山の石窟で瞑想修行をされております。

アバヤが五山のひとつを口にして、「明日の昼、こちらにおつれするよう兵士に命じてあります」といった。

——よかろう。それにしても、小国とはいえ太子が国を捨てて出家するなんぞ、狂気の沙汰だ。三十になるそうではないか。どうせできの悪い男なんだろう。もっとも、そこがわしの付け目でもあるがな。

ビンビサーラの哄笑《こうしょう》がアバヤの耳朶《じだ》によみがえるのだった。

太陽が五山に沈んだ。

月が青白い輝きを増し、家々の屋根が路上に黒い影をひく。往来に織物を敷いて商いをしていた商人たちはすでに後片づけをおえて姿がなかった。アバヤの馬車が車輪を軋《きし》ませながらゆっくりと進む。

路地で影が動いた。

黒っぽいサリーをまとった女だった。白い布でくるんだものを路上の隅においてたちあがった。屋根にとまっていた五、六羽のカラスがいっせいに耳障りな鳴き声をあげ、先を競うように白い布に襲いかかった。女が足をとめて、大いそぎで白い布を胸に抱きあげた。「シー、シー」といって追い払おうとするがカラスは逃げない。羽音をたててとびかかろうとする。

アバヤの右手が動き、短剣を投げつけた。カラスがけたたましい鳴き声とともに屋根にとびあがっていく。月明かりが頭からかぶった女のベールを照らしだす。

「サーラヴァティーか?」

アバヤが驚いたように問いかけた。女の大きく見ひらいた目がアバヤを凝視する。

「おまえの子か」

アバヤが表情をなごませたが、女は無言のまま顔を激しく横にふると一、二歩あとじさり、抱きかかえた白い布をその場において逃げるようにさっていった。

(しばらく姿を見ないとおもっていたら、そういうことだったのか)

アバヤは合点した。体形がすこしふっくらとしたようだが、さすが王舎城一の人気を誇ったダンサーだった。

「生きているのか」

アバヤが白い布に顎をしゃくった。

「生きています」

お供が抱きあげてオウム返しにいった。赤ん坊が火がついたように泣きはじめる。

「なるほど、生きている、か」アバヤがつぶやいて、「このままでは誰かにひろわれるまえにカラスに食い殺されてしまうな。この赤ん坊――そうだな、ジーヴァカだ、ジーヴァカと名づけよう――館につれ帰って乳母に育てさせろ」

「ジーヴァカ、でございますか」

「そうだ、ジーヴァカだ。ジーヴァカ・コーマーラバッチャだ」

頬をゆるめていった。

「ジーヴァカ」とは土地の言葉で「生きている」、「コーマーラバッチャ」は「王子に養われた」という意味から転じて「王子に支えられるべき者」となる。のち、名医とうたわれ、釈迦の主治医となるジーヴァカはこうして誕生する。

なぜ、独身の自分がこの赤ん坊を育てる気になったのか、アバヤはこのときの気持ちを後々まで不思議におもう。不憫であったということもあるが、一方で、兄ビンビサーラの子供ではないかというおもいがよぎったこともたしかだった。運命の一瞬の交錯によって死ぬべき赤子が生きながらえ、やがて一国の運命をもかえることになるが、アバヤにはむろん、そんなことはおもいもよらないことだった。

翌日、昼――。

「謁見の間」で、ビンビサーラはシャーキヤ国の太子ゴータマ・シッダールタと対面した。ビンビサーラは片肌にシルクの薄布をまとい、胸に金の首飾り、二の腕には宝石をいくつも埋めこんだ金のブレスレットをはめている。もみあげから顎にかけて、黒い髭が面長の彫りの深い顔をおおっていて二十代には見えない。大国の国王の威厳だった。

一方、剃髪したゴータマは裸足で、粗末な布をやせた身体の肩からまとっていたが、卑屈な雰囲気は微塵もなく、端正な顔に涼やかな目をしていた。できの悪い放蕩息子――そんなおもいをいだいていたビンビサーラは戸惑いの表情をうかべてから、

「ようこそ、ガンジス川をわたってわがマガダ国へ。修行にみえているとはしらず、失礼をした。石窟での生活ではなにかと不自由でしょう。必要なものがあればなんなりとこのアバヤ大臣に命じていただきたい」

椅子をすすめ、笑顔を見せていったが、ゴータマは表情を動かすこともなく「世俗のいっさいを削ぎおとしてまいりました。必要なものなどありません」物静かな口調でいった。

「なるほど、なにも必要ないと……」

話の継ぎ穂を失ったビンビサーラに、アバヤが助け船をだすように口をひらいた。

「ゴータマ太子はアーラーダ・カーラーマ師、ついでウドラカ・ラーマプトラ師のご指導をおあおぎになったときいております」

「それは素晴らしい。このふたりは王舎城きっての沙門《シュラマナ》（修行者）ゆえ、太子は相当な境地にたっせられたことでしょうな。ご尊父——シュッドーダナ王も首を長くして太子のお帰りをまちわびておいででしょう」

「家は捨てました。父のことはぞんじません」

「これはまたハッキリとおっしゃる。お国にはもう帰られないと？」

「はい」

「しかしシャーキヤ国はコーサラ国に蹂躙され、属国の辱めにあっている。それを見捨てるのですか。あなたは太子でありながら、シュッドーダナ王を助けないのですか」

「わたしは出家しました」

「それはもちろんわかっています。出家者といえども、いや出家者だからこそ、ご尊父を助け、国の誇りをとりもどすべきではありませんか」

シャーキャ国の太子など、マガダ国の王からすれば臣下にもひとしかった。ビンビサーラはいらだちをおさえ、粘り強く、しかも気をつかって丁寧な言葉で語りかけている。なんとしてもゴータマを引きいれるつもりなのだろう、とアバヤはおもった。

「太子、ハッキリいいましょう」

身をのりだすようにしてビンビサーラがいった。

「あなたに財貨と精鋭部隊をおあずけします。コーサラ国の背後——北から一斉蜂起してください。それに乗じてわが国の主力部隊が攻めこむ。歩兵二十万、騎兵二万、象戦車二千台のほか象三千頭。南北から挟撃してコーサラを倒します」

「わたしは出家しました」ゴータマはおなじ言葉をくりかえした。

「それはわかっておる！」ビンビサーラがたちあがってどなった。「出家を隠れ蓑にして逃げるのか！　他国に膝を屈して生きて恥ずかしくないのか！　シャーキヤ族として誇りはないのか！」

「真の幸せとはなんであるか、それをもとめてわたしは出家しました」ゴータマは表情をかえず、おだやかな口調でいった。

　ビンビサーラは椅子の背に身体をあずけて溜息をついた。強気で行動家のビンビサーラは、即位するや無能な役人を放逐するという荒療治をやってのける一方、村長たちを招集して会議をひらくなど民衆の意見に耳をかたむけ、橋を架けたり、堤を築くなどして統治に全力をそそいだ。国を固め、他国に攻めいり、属国とすることで繁栄を享受した。

　当時、インドは十六の大国があって、これらを総称して「十六大国」といったが、そのなかでも頭抜けた勢力を誇ったのがコーサラ国とマガダ国だった。両国は戦乱の時代にあって覇を競った。勢力は拮抗していたが、コーサラ国が南侵してカーシー国の首都ベナレスを征服。これにビンビサーラは危機感をいだく。ベナレスは商工業の要衝のひとつで、特に織物業で栄えていた。この地を手にいれたことでコーサラ国の経済力が高まり、勢力を急拡大してシャーキヤ国も飲みこまれることになる。

シャーキヤ国は、コーサラ国とマガダ国にはさまれたヒマラヤ山脈の麓《ふもと》にあって、カピラ城を中心に面積は東西八十キロ、南北六十キロほどの小国で、これを統率するのがゴータマの父シュッドーダナ王だった。ビンビサーラは当初、シュッドーダナ王を説得するつもりでいたが、各村の首長による合同協議によって国を治めるシュッドーダナは争いをこのまず、接触を断念した経緯がある。

そこへゴータマ太子が登場したのだ。天の配剤——ビンビサーラは小躍りしたところが、ゴータマは耳を貸そうとさえしない。

「しかし、太子」とビンビサーラがつづける。「あんたは一人っ子ときいている。あんたがいなくなったら誰が王位をつぐのだ?」

ぞんざいな口調になっているが、説得をあきらめたわけではないのだろうと、アバヤはおもった。インドは長子相続の社会制度で、財産はもちろん、先祖供養などいっさいを相続する。男子に恵まれない一家は存続できなくなり、財産も没収される。王家も同様で、いかに絶大なる権力を誇ろうとも世継ぎの男子に恵まれなければおわりなのだ。

ビンビサーラはそこをついたのだが、「わたしに息子が生まれました。世継ぎについては心配はありません」とゴータマは答えてから、「結婚してから二十九歳までの十年間、出家を願ったわたしはひたすら妻の懐妊をまちわびたのです」とつけくわえた。

この言葉にビンビサーラが身をのりだした。

「十年も子宝に恵まれなかったとな？」

「はい。両親もそうでした。母がわたしを産んだのは三十五歳のときですから」

「なんと！」うなってから、「なにか特別なことでもしたのか？　祈禱とか、食べものとか、薬草とか。あんたも、あんたの両親も」

意気ごんだ問いかけにゴータマが怪訝そうな顔をしたが、アバヤにはその理由がわかっていた。ビンビサーラと兄嫁イダイケ夫人に子供がなく、長きにわたって悩んでいたからだ。シャーキヤ国の蜂起も大事だが、男子に恵まれなければコーサラ国を制覇しても意味がなくなるのだ。

「ビンビサーラ王はお世継ぎをさずかってはおいでにならないのです」

アバヤが言葉をたすと、ゴータマが小さくうなずいて、「わが子に財産をつがせ、名誉をつがせ、権力をつがせることにどれほどの意味があるのでしょう」といった。

「バカなことを。あんただって男子をさずかるまで出家を辛抱したではないか」

「わたしは子供に羅睺羅《ラーフラ》と名づけました」

「ラーフラ！」

ビンビサーラとアバヤが驚いて顔を見合わせる。ラーフラとは「悪魔」という意味だった。

「よくぞ、そんな名前をつけよったな」

「子や妻に対する愛著《あいじゃく》は、枝の茂った竹が互いに相絡《あいから》むようなもの。これは執着《しゅうじゃく》であり、苦の元凶のひとつです。しかも愛著をいだくのは自分にかなったものであればこそで、妻子が意にそむけば憎しみに転じる。愛憎違順《あいぞういじゅん》――自分のおもいにかなえば可愛がり、意に反せば憎み遠ざける。愛著は不確かなものです。執着から自分を解き放つには、筍《たけのこ》がほかのものにまつわりつくことのないように、ただひとり歩むことです」

「そこまでいうか」

「国王、あなたはなんのために生きておいでなのです？　なんのためにお世継ぎをお望みなのですか？」

「なにをわかりきったことを。子々孫々に家名を引きついでいくのは当代をあずかる者のつとめだ。それに、子をほしがるのは親の情として当然だろう」

「その情というものに、わたしたちは気がつかないまま苦しんでいるのではないでしょうか。子もいらない、領土もいらない、財貨もいらない、この命さえもいらない――そういう心境にたっすることができれば人生はどんなに安穏のことでしょう」

「負け犬のたわごとだ」

「負け犬でいいではないですか。負け犬になり、負け犬になったことすらも気がつかないでいる。わたしはそういう境地をもとめています」

「それがさとりの境地か」

「わかりません。さとりの境地はヒマラヤの頂きに似て雲上のかなた。あおぎ見ることすらかないません」

「さとりをひらくのも難儀なことよのう」

「このわが身の存在そのものが難儀ゆえ、さとりをもとめるのです」

「わが身の存在そのものが難儀……」

言葉を切り、しばし思案顔になってから、「たしかにそうかもしれんな。パンダヴァ山の石窟で修行をつづけるのか」

「いえ。さらなる道をもとめて、これから旅立ちます」

静かにたちあがり、一礼すると踵をかえした。

「太子——」ビンビサーラが背に言葉をかけた。「さとりとやらをひらいたら、この地にもう一度きてくれないか。さとりとはなにか、わたしに説いてほしい」

ゴータマが足をとめてから、ゆっくりとふりかえっていった。「お約束はできません。はたしてさとりがひらけるものなのかどうか、わたしにも皆目わからないからです」

こうしてゴータマは王舎城をあとにした。五月のインドは夏にあたり、日中の気温は四十五度になる。王舎城の城門をでると、陽炎《かげろう》のたつ燃える大地を歩いていく。ゴータマはこれから六年をガンジス川の支流パルガ川（尼連禅河《にれんぜんが》）のほとりにあるブッダガヤの森で、さとりをもとめて苦行をつむことになる。

その日の夕刻――。

「あなた！　わたしたち、子供をさずかるそうよ！」

イダイケ夫人が深紅のサリーをひるがえし、宮殿の居室にとびこんできて叫んだ。サリーと同色の大きなルビーが、純金を幾重にもあしらったチョーカー（首飾り）の真ん中でゆれている。長い廊下を小走りしてきたのだろう。息を弾ませ、汗がにじむ額の額飾り《ビンディ》がすこしずれていた。

「マハトマがそういったのか」

ビンビサーラが宮廷付の占師の名を口にした。

「ええ、男の子――お世継ぎよ」

「でかした！　いつだ？　いつ生まれるのだ」

「それが」イダイケの顔から喜色が消えた。「五年後だというの」

「五年後？　どういうことだ」

「いまイシギリ山で苦行している行者がいて、この男の寿命がつきると同時にわたしが新しい生命をさずかることになっていると」

「生まれかわりか」

「ええ。だけど、あと五年よ。わたし、きっと流産するわ」

「そうともかぎるまい。三十すぎて子供を生む女もいないわけではない。マハトマがそういうのならまつしかあるまい」

「もし」イダイケが冷たい声でいった。「行者がもっとはやくに亡くなったらどうなるかしら。今月とか来月とか」

「おまえ、まさか……」

「世継ぎがいなければ、あなたの国はなくなるのよ。五年もまてるの？」

ビンビサーラが黙った。左の二の腕にはめたバングル（腕輪）に手をあて、指先を撫でるように動かしている。逡巡するときの癖であることをイダイケはしっている。

「じゃ、アバヤを使いにだして、みずから死んでいただいたらどう？　どうせ五年後は亡くなるのだから、条件でもあれば叶えてやればいい」

ビンビサーラが無言でうなずいた。

《四門出遊》の伝説

カルチャー教室／講師の解説と聴講生たち

講師の秋葉修道がテキストを演台におくと、

「経典にしてはテーマがちょっと生臭いですな。王舎城を現代におきかえればそっくりテレビドラマになる」

教室を見まわしてから、

「ビンビサーラ王とイダイケ夫人について、みなさんはどんな感想をおもちですかな」

なにかいってくれそうな人……。修道が最後列の右端に座っているコワモテ風の、受講生にしてはいささか異色タイプの中年男に目をとめた。受講生たちはネームプレートを胸につけている。コワモテの男――山城穣治が視線を跳ねかえすようにして口をひらいた。

「そりゃ、ビンとしちゃ、跡継ぎがほしいにきまってんだろう」野太い巻き舌に受講生たちが引きかけたが、山城はかまわずつづける。「王といったって、ビンが自分でたちあげた国じゃねぇんだからさ。先祖にもうしわけねぇだろう」

「なるほど。わかりやすい解釈ですな」笑顔で応じながら「ほかにどなたか」といって最前列左側に座る痩身の白髪を見やった。

「それはビンの——失礼、ビンビサーラ王の国の私物化ではないですか。いかなる理由があろうとも許されるものではないとおもいます」みんなのまえでコワモテに異をとなえるとは、黒縁眼鏡をかけたこの初老の男性——及川耕一もなかなかのものだった。

「じゃ、政治家はどうなんだ」山城が眉間にシワをよせていいかえす。「てめぇのガキに跡目をつがせるじゃねぇか。あれは私物化じゃねぇかのか。会社だってそうだろう。ガキにつがせなきゃ、他人にとられちまうんだ。ビンがガキをほしがるのは当然だ」

「だからといって、私物化が許されるわけじゃないでしょう」及川もゆずらない。

「許すとか許さねぇの問題じゃねぇんだ。それが人間てぇもんだっていってるんだ」

後方に座る若者——又吉春樹が口をはさむ。「占師のご託宣が正しいという前提にたてば、修行者の余命は五年。デッドラインが明確であるなら、それを縮めるかどうかは当事者間の取引《ディール》ということになります。第三者が是非を論じる問題ではないとおもいます」

「しかし」と、及川がいいかけるのを修道がさえぎって、

「では、イダイケ夫人についてはどうですかな。いささか打算が強すぎるようにもおもえますが。これはご婦人にうかがってみましょう」

女性たちが目を伏せるなかで、最前列の目のまえに座る中年女性——羽田加世子だけが顎をあげている。濃いエンジ色のタートルネックセーターが開講まえから目をひいていた。

三十代なかばか。濃いめの化粧に金縁の細いフレームのメガネをかけ、レンズには薄いブルーがはいっている。

「打算というより」加世子が修道の視線を受けて口をひらく。「女性は、より現実的ということじゃないですか。十月十日、子供をお腹にかかえ、産み、育て、家庭を営む。必然的にリアリストになる」

「ちげぇねぇ」山城が即座に口をはさみ、「だから女は損得で男の尻《ケツ》をかく。怖ぇよな」といったので小さな笑いがおこった。

講義はうまくいきそうだ。修道は安堵しながら「物語を先に進めるまえに、釈迦の出家について押さえておかなければなりませんな」話を仏教にふり、

「ゴータマが十二歳の春、農耕祭でのことです」

と話しはじめた。


ゴータマが、農夫が田んぼを掘りかえすのを見ていると、地中から虫があらわれるや、小鳥がそれを啄《ついば》んだ——とおもうまもなく、猛禽がその小鳥を鋭い爪で捕らえて空高く舞いあがっていった。

一瞬のこの出来事に感受性の強いゴータマ少年は強い衝撃を受け、「なぜ生き物はお互いに殺し合わなければいけないのか」——おもい悩む日々がはじまる。幼くして母マヤ夫

人と死に別れたことも、ゴータマの精神形成に影響を与えていたのかもしれない。父シュッドーダナ王は、ふさぎこむ跡継ぎに心を痛め、十九歳で母方の従妹のヤショーダラと結婚させるが、ゴータマの悩みは深まるばかりだった。

「そして、出家の機縁となる《四門出遊》の伝説が登場する。召使いをともなって東西南北の城門をでたときのエピソードで、こんなふうに語られておりますな」

最初は東の城門だった。城外へでたところで、ひとりの老人を目にする。歯が欠け、顔は皺《しわ》だらけ。白髪で、やせ衰えて骨と皮ばかりになっている。はじめて目にする醜い人間の姿だった。

ゴータマは召使いに問うた。

「この人は何者か。どうしてこのような姿なのか」

「太子様、これは老人というものです」

「この人だけが老人になるのか」

「いえ、人間は誰もが歳をとれば老人になります」

ゴータマはでかける気持ちが失せ、城にひきかえした。

二度目の外出は南の城門からで、道端に倒れて苦悶している人間を目にする。

「あれは何者か」

「病人でございます。人間は誰もが必ず病気になります」

ゴータマはでかける気持ちが失せ、城にひきかした。

三度目は西の城門。でたところで、嘆き悲しむ人々と出会う。

「あれはなにをやっているのか」

「人が亡くなったのでございます」

「わたしも死ななければならないのか」

「そのとおりです。すべての人間はいずれ死ぬべきものであり、これは避けることのできないものです」

ゴータマは心をうたれ、城にひきかえした。

老・病・死――人間はすべて老い、病にかかり、死んでいく。ならばなんのために自分たちはこの世に生まれてくるのか、幸せな人生とはなんなのか――。おもい悩むある日のこと。ゴータマが北の城門からでようとすると、黄色の袈裟をつけた修行僧と出会う。おだやかな、気高い姿に感動し、ラーフラという世継ぎを得たことを機に出家するのだった。

「いかがですかな。誰からもうらやまれる太子ですら苦悩をかかえている。ここに人間の実相があることを四門出遊は語っているんですな」修道が締めくくるようにいうと、

「それって、ちょいとおかしいんじゃねぇか」最後列のコワモテ――山城が巻き舌でいった。「悩みってのは、太子のような生活にあこがれながらそうはなれないから悩むんだろう？

てぇことは、不足に悩み、不足が満たされたら悩みは解消する。端《はな》から満たされているゴータマが悩むのはおかしいんじゃねぇのか」

「それはちがうとおもいます」又吉青年が異をとなえた。「ゴータマは満たされているがゆえに苦悩が生じる——こういうことだとおもいます。つまり、足らざるを満たすという解決法がなく、解決法がないことに苦悩の原因がある」

「評論家みてぇだな」山城が口の端をゆがめると、

「わたしも青年の意見に賛成です」初老の及川がひきとって、「世間から見ればなんの不足もないはずなのに疎外感にさいなまれている人もいる。なにが不満なのかと問われても答えようがない。答えようがないから苦しいんじゃないですか?」

「甘っちょろいこといってんな。八方塞がりの人間がきいたら怒るぜ」

「そのとおりだわ」

加世子が山城にうなずき、「問題をかかえている人間に、漠然とした悩みをもつ余裕なんてないわ」

「悩みに軽重はありません」及川もゆずらない。

「そんなことをいうこと自体が贅沢だといってるんだ!」

「いろいろご意見がでたところで」

修道が割ってはいると、

「物語を先に進めますかな。修行に旅立ったゴータマがつぎにめざしたのが激しい苦行で、これを六年間つづけることになりますが、この間、王舎城の物語も大きく展開していく。さて、話は世継ぎとして生まれかわるとされた行者です」

テキストに手をのばし、朗読をはじめた。

物語

アバヤは五山のひとつイシギリ山をおりると、報告のため宮殿にむかっていた。太陽は中天にあって赤茶けた大地に陽炎がたっている。どういう言い方をするべきか――象の背にゆられながら、アバヤは額の汗をぬぐった。

三日まえのことだった。

「行者に死んでもらえ」

ビンビサーラが唐突に命じた。占師のマハトマのご託宣だといわれて、アバヤは大きくうなずく。二千五百年まえのインドにあって死にかわり生まれかわりする輪廻の思想は深く信じられていた。

ビンビサーラがつづけた。

「イシギリ山で修行しておるそうだ。歳は六十代、痩身の小柄、白髪を肩までたらし、おなじく白い顎髭をたくわえて胸元まで長くのばしておる」

「名はなんと？」

「そこまではわからん」

「しかし、五山には何人もの行者がそれぞれ石窟に籠もって修行しておりますし、みな痩身で似かよっております。ほかに、これぞという特徴はございませんでしょうか」

「さあ、これといっては……。いや、まてよ。たしか左の小指が折れ曲がっているとかマハトマはいっていたそうだ」

「左の小指でございますね」

アバヤが念を押して辞した。兵士を動員すればすぐに見つけだすことができるが、ことは密《ひそ》かにはこばなければならない。〝小指の曲がった行者〟を見つけだすまで三日をついやしたのだった。

「行者は承諾したのか」

ビンビサーラが部屋にはいってくるなりいった。

「驚いておりました。国王が名もしれぬ行者の死を願っておられるということが信じられないのです。そこで」アバヤは言葉を選んでいった。「国王夫妻みずからおでましになり、行者に話してやれば安心するかとおもわれます」

ビンビサーラは束の間考えてから、「よかろう」といったのでアバヤは安堵した。

じつは、行者はアバヤを睨みつけてこう詰《なじ》ったのだ。「人さまの命をくれという話に使いをよこすのか」――。ありのままをつたえればビンビサーラは激怒するだろう。国王夫妻がでむいたからといって、行者がききいれるかどうかはわからないが、やってみる価値はあると考えたのだった。

二日後の早朝、太陽が昇りきるまえに一行は宮殿を出発した。三頭の象のそれぞれの背に上等の敷物をかけ、屋根のついた箱形の席にビンビサーラ、イダイケ、そしてアバヤが座っている。護衛は目立たぬように最小限とし、親衛隊から十数名を選んだ。

一行はイシギリ山にむけ、城壁がつづく盆地を二時間ほど進んでから象をおり、兵士が担ぐ駕籠《かご》にのりかえて細い山道を登っていく。五山は樹木のほとんど生えない岩山で、太陽が昇ると日差しが容赦なかったが、行者が瞑想修行する十畳ほどの石窟は岩場の陰にあり、身をかがめてなかにはいるとひんやりとしていた。

行者が驚いた表情を見せてから、地べたに敷いたボロ布に座るようすすめたが、イダイケはサリーが汚れるのを気にしてか、「結構」とそっけなくいった。ビンビサーラが行者の左小指を見やる。折れ曲がっているのを確認してから「話はきいてのとおりだ。望みがあるなら遠慮なくもうしてみよ」といった。

高飛車な物言いに行者が視線を険しくした。

「世継ぎがほしくてわしに死ねとな。ビンビサーラ王といえば、若いが民のために善政をおこなっているやにききおよぶが、なんのことはない。ひと皮めくれば我欲の塊ということか」

アバヤがあわてるが、行者はかまわず、「天からさずかった命じゃ。わしは寿命をまっとうする！」

「あなた、あんなことといわせていいの！」

イダイケの歯ぎしりにビンビサーラが激しく反応した。

「殺せ！」

叫ぶと同時に兵士の槍が行者の身体を正面から刺し貫いた。

「ギャーーッ！」

絶叫が狭い石窟で反響し、イダイケが両手で耳を塞いで目をそむけた。行者は槍をつかんで踏みとどまっている。半裸の身体から鮮血が噴きだす。カッと見ひらいた目でビンビサーラとイダイケを見据え、絞りだすような声でいった。

「おのれ、この恨み……、生まれかわったら、必ずはらしてくれようぞ……」

兵士が槍を引き抜く。行者は膝から崩れ、血溜まりに仰向けに倒れて息絶えた。背の下にひろがった長い白髪がゆっくりと血を吸って赤く染まっていく。行者は目を剝いたまま、虚空を睨みつけていた。


その日の夕刻、占師のマハトマが参内して、ビンビサーラに厳《おごそ》かにつげる。

「おめでとうございます。王妃はたったいまご懐妊されました」

ビンビサーラがうなずいて問いかけた。

「わが子は男か女か」

「男の子にございます。ただし……」

「ただし？　ただしどうしたのだ？　なぜ黙っておる。もうしてみよ」

「水晶に不吉な姿が見えます」いいよどんでから、「このお子は運命に導かれるまま、王様にとってかわるため、あなたさまに危害をくわえるでしょう」

「このわしをか」ビンビサーラが声をたてて笑った。

「害されて結構。どうせこの国はせがれにゆずるのだ」

「悩み」と「悩みの犯人さがし」

カルチャー教室／講師の解説と聴講生たち

修道がテキストを閉じて、

「いかがですか」

受講生たちを見まわしながら、

「国王夫妻の身勝手ですな。愚かといえばそのとおりですが、わたしたちはけして物語の読み手や観客ではなく、この身勝手さと愚かさこそわたしたち自身の姿である――こう教えるのが仏典であります」

いってから結論をいそぎすぎた、とおもった。説教臭くなれば受講生は興ざめになる。ここがカルチャー教室のむずかしさで、お寺でご門徒（檀家）相手に法話するのとはちがうのだ。

「占いにまったく興味がないという方はいらっしゃいますかな」

話題をかえ、誰も手をあげないのを確認してから、「では、なんで占いに興味があるんでしょうな」と最前列の加世子に問いかけた。

「理屈では説明のつかないことに対して回答をもとめるからじゃないですか」よどみなく答える。「どうやって解決すればいいのかわからなくなったとき、その原因や対処法をもとめて占いなどにたよるのだとおもいます」

「おっしゃるとおりですな。言葉をかえれば、明確な理由がないまま、自分がおもい描くとおりに人生がいかなくなったときに悩みが生じる。こんなに頑張っているのになぜ成果がでないのか、これだけ愛情をそそいでいるのになぜ子供はそれをわかってくれないのか、自分は周囲の人たちと仲よくやっていきたいのに誰もこの気持ちをわかってくれない。なぜだ、なぜだ、なぜだと〝なぜ〟に対する答えをさがし、それが見つからないとき、人間は答えをもとめて人智をこえた力――たとえば占いや、あやしげな宗教にすがる」

修道が言葉を切って、「そういうことではないですか」と加世子に笑いかけた。修道に他意はなかったろうが、加世子は自分のことをいいあてられたような気がしておもわずコクリとうなずいていた。

「ビンビサーラ夫妻もおなじですな。男の子をもうけてマガダ国をつがせる。これが自分たちのおもい描く人生です。ところが、いつまでたっても子に恵まれない。〝なぜだ〟と自問する。恵まれないものは恵まれない――それが現実であるにもかかわらず、なにか理由があるにちがいないと考える。〝悩みの犯人さがし〟ですな。人間は〝犯人さがし〟をすることで悩みから無意識の逃避をはかる」

ビンビサーラ夫妻は、「行者が世継ぎとして生まれかわる」という占師マハトマの言葉によって不妊の理由に納得する。行者が生きているかぎり世継ぎに恵まれないのは道理ということになり、彼が生きていることが〝犯人〟ということになる。どうせ五年後には亡くなる命。ならば、数年はやく死んでもらってなにが悪い——それがビンビサーラ夫妻の論理だと修道は説明して、

「人間の身勝手さとは、悩みや不幸の〝犯人さがし〟をすることをいうんですな。〝なぜ〟という疑問が内在する恐さがここにある」

質問をまったが、コワモテの山城も、理屈っぽくて醒めた又吉青年も、仏法に興味がありそうな初老の及川も、そして目のまえに座る羽田も視線をおとしたままでいる。彼らの表情から、たぶんわが身の〝犯人さがし〟におもいを馳せているのだろうと修道はおもった。

「では、今夜の講義はこれで」

受講生たちが椅子の音をたてて帰り仕度をはじめた。

山城は腰をうかせながら、今夜も父親のことで女房と言い争いになるのかとおもうと気が重くなった。加世子は息子の卓也がおとなしく家にいてくれればいいがと気をもみながら、いそいでエレベータにむかう。又吉青年は、仏法を物語に仮託する手法は参考になると冷静に評価しつつ、次回はもうすこし突っこんだ質問をしてみようとおもった。及川は

「悩みの犯人さがし」という言葉を反芻しながら最後に教室をあとにした。「王舎城の悲劇」は苦悩の本質としてなにを説くのか。次回以降の講義に期待をよせるのだった。

　秋葉修道は講師控室で熱いお茶をすすりながら講義の案内チラシを手にとった。《苦悩の本質を、お釈迦さまがときあかす》という惹句を目で追う。

（自分の頭のハエさえ追い払えないでいるのに……）

　胸のうちでつぶやく。

　ノックがして、事務員がお茶をつぎたしにはいってくると、「先生、今回の講座はにぎやかですね」笑みをうかべていった。

「そうだね。熱心なのか、まぜかえしているのかわからない人もいるけど」

　笑顔をかえすと、「さて――」といって鞄を手にたちあがった。


（第一回講義・了）

第二回講義

お経の役割

カルチャー教室／講師の解説と聴講生たち

　山城穣治が前回とおなじ最後列の右端の椅子に足を組んで座り、そのそばに又吉春樹青年と初老の及川耕一がたって三人で談笑している。初講義の先週、意見を闘わせたことでうちとけたのだろう。

　山城が巻き舌でまくしたてる。「結局、行者をブッスリ殺《や》っちまったわけだろう。ビンも甘めぇよな。俺だったらいちいち出張ってねぇで、最初《ハナ》から兵隊を走らしているぜ」

　勝手なことをいっているが、又吉も及川も山城には一目おいているのだろう。曖昧な笑みをうかべてうなずいている。

　講義がはじまる七時まえになって、羽田加世子がハイヒールの音をさせて足早に教室にはいってきた。

「おっ、忙しそうだな」山城が笑いかけると、

「そうなのよ、年の瀬だから」加世子も笑みをかえし、前回とおなじ最前列にいそぐ。席はきまっているわけではないが、たいてい初回に座った席につくものだ。

腰をおろした加世子の顔から笑みが消え、眉間にシワをよせている。

昨夜のことだ。「俺の親父、本当に死んでしまっていないの？」──夕食をすませたあと、卓也からいきなり問われてあわてた。

「そうよ、卓也が生まれる二カ月まえに……。どうかしたの？」

「なんでもねぇよ」

ぶっきらぼうにいって自室にひっこんだ。

卓也の問いかけが尾をひいて、今日は仕事が手につかなかった。父親はガンで亡くなったとつげてある。彼から卓也に連絡をとったのだろうか。いや、それはないだろう。彼にだって家庭がある。じゃ、どうして卓也はそんなことをきいてきたのだろうか。「本当にいないの？」の本当という一言に加世子はひっかかった。ひょっとして卓也の反抗的な態度は、この懐疑が関係しているのだろうか。

秋葉修道が入室して教壇にたつ。「ようこそのおはこびでございます」といってから、「お経というのは、『王舎城の悲劇』のように物語にするとようわかるんですが、経典は漢字で書かれておって、内容を嚙み砕いて説明してもらわんことにはなにをゆうとるのかさっぱりわかりませんな。お経とはなんなのか──。どなたかおわかりの方はいらっしゃいますかな」

「ありがたいことが書いてあるんだろう？」最後列から山城が言葉をとばす。

「ですな。なんのためにお経を学ぶかということについて、中国・唐代の善導大師というエライ坊さんがこうゆうてます。『経教はこれをたとうるに鏡のごとし。しばしば読み、しばしば尋ぬれば、智慧開発す』。お経の教えは自分の心――すなわち煩悩に汚された自分を写しだす鏡であり、自分のこの姿に気づくことによってはじめて目が覚めるというわけですな。自分の顔をしるには鏡がなければならない。同様に心を見るには、それを写しだすものがいる。それがお経ということになる」

おわかりでしょうか、といって受講生たちを見まわすと、最前列の羽田加世子がうなずいてから首をすこし右にかたむけた。

「それ、その仕草！」

「えッ？」加世子が驚く。

「インド人の古くからの習俗で、賛意をあらわしたり、なにかに感心したときに見せる仕草がそれですな。イダイケ夫人が懐妊し、ビンビサーラ王がこれでわが国も安泰じゃと破顔したとき、イダイケが首をすこし右にかたむけて笑みをうかべる。〝そう、そのとおりよ〟というわけで、夫婦にはもうなんの憂いもないはずだった。ところが……。ここから先は物語で話しましょう」

朗読テキストに手をのばした。

物語

イダイケ妃ご懐妊の報に国中がわいた。マガダ国の顔色をうかがう近隣諸国は先を競うようにして使者を派遣し、宮殿に列をなして祝いの品々をとどけた。ビンビサーラ王は上機嫌だった。マハトマは不吉なことを口にしたが、占師は突拍子もないご託宣をたれることで存在感をしめすものだ。

（生まれた子がこのわしに危害をくわえるだと？　バカなことをいいおって）

ビンビサーラは夜ごと祝宴をひらき、盃を重ねた。

そのころ――。

王舎城を去ったゴータマはガンジス川をわたり、王舎城から南西に約六十キロ――ガンジス川支流のパルガ川にのぞむブッダガヤの森で苦行をつづけていた。目はおちくぼみ、やせ衰えた胸元は肋骨がうきでているが、神経はカミソリのように研ぎ澄まされていた。

どこからともなくイダイケ夫人が懐妊したという声がきこえてきた。ビンビサーラの満面の笑みがうかぶ。ゆっくりと目をあけて天をあおぐ。一面に暗雲が低くたれこめていた。今年の雨期はいつもよりはやくやってくるようだ、とゴータマはおもった。

暑期がさり、雨期の長雨が大地を叩き、乾期を迎える十一月にはいるとイダイケのお腹は大きくせりだしてきた。あと三月《みつき》で世継ぎが誕生する。これからが妊婦には大事なときだ。侍女の数をふやし、日中の世話は十数名がつきっきりとなった。

夜中、気配にビンビサーラが目を覚ました。バルコニーのカーテンがゆれている。青白い月明かりにイダイケの姿が見えた。

「眠れないのか」

バルコニーに足をはこび、椅子を引きよせていった。この一カ月というもの、イダイケがベッドで輾転《てんてん》とするのは毎夜のことで、夢にうなされてとびおきることもあった。

「怖いのよ。行者の絶叫が耳について」

「わしに無礼なことをいったから命をおとすことになったのだ。あと五年を生きようとしても、それは天が許さなかったということになる」

「だけど生まれかわったら恨みをはらすといったわ。お腹の赤ちゃんが行者の生まれかわりだなんて、わたしは信じたくない」

「たまたま時期がそうなっただけで、行者の生まれかわりとはかぎらないではないか。養生して元気な子を産むことだ」

イダイケがコクリとうなずいた。

だが、それから二カ月がすぎ、臨月を迎えるにつれて、今度はビンビサーラが不安になっていく。わが子に害されるのであればそれもいい――そうおもっていたが、いざ出産を目前にひかえると気持ちがゆらいできた。

――おのれ、この恨み……、生まれかわったら、かならずはらしてくれようぞ……。

行者の絞りだすような断末魔の声がビンビサーラの耳によみがえる。膝から崩れ、血溜まりに仰向けに倒れて息絶え、目を剝いたまま虚空を睨みつける行者……。イダイケには行者の生まれかわりとはかぎらないといいはしたが、その可能性が高いとおもっているからこそ、「か、ぎ、ら、な、い」という言葉がでてくるのだ。

流産という二文字が脳裏をよぎる。行者の生まれかわりであれ、そうでないにしろ、懐妊した。ということは、今回流産させてもつぎが期待できるということでもある。つぎはたぶん、いや、きっと素晴らしい子に恵まれるにちがいない。イダイケには身体に負担をかけることになるが、出産を強く望んでいた自分が折れることで悪夢にうなされる夜から解放してやることもできるのだ。

ところが、「イヤよ、絶対にイヤ」なんとイダイケは猛反発したのである。

「バカな！　どうしたというんだ。行者の生まれかわりだぞ。わたしを害するかもしれない子だぞ。あれほど怖がっていたではないか」

「生まれかわりとはかぎらない――あなたはそうおっしゃったはずよ」

「あのときはそうはいったが……子供ならまたできるだろう」

「どこにその保証があって？」

言い合いが幾晩もつづいた。予定日まで一週間になったとき、ビンビサーラは断をくだした。

「この子の命は天にあずけ、『眺望の間』から産みおとす」

イダイケが顔を強張《こわば》らせた。「眺望の間」は宮殿の最上階——五階にしつらえた特別な構造の楼閣で、床の下は一階まで吹き抜けになっており、王家一族が眺望を楽しみながら昼食をとったりする部屋だった。

「死ぬわ」

「そうだ、死ぬだろう。だが、生まれいずるべき運命を背負った子であれば、天は必ずや助けるにちがいない」

イダイケが椅子をたった。燭台の火が小さくゆれる。バルコニーにでて満天の星を見あげる。臨月のお腹をそっとなでた。


四日後の早朝、陣痛がはじまった。

侍女が待機するアバヤのもとに走る。

イダイケは侍女たちに支えられてベッドからおりると、出産のため肩幅ほどの隙間がつくられた床にしゃがみこんだ。そのままの姿勢で、前のめりに頭を床につけると呻《うめ》き声をあげた。侍女が産婆を呼んでこようとたちあがったが、イダイケがあえぎながら制止する。事情をしらされていない侍女たちはオロオロしながらイダイケの背を撫でるばかりだった。

しらせを受けたアバヤはすぐさまビンビサーラをおこし、楼閣の一階へといそいだ。

薄暗い頭上をあおぐ。

なにかが落ちてきた。ドサっと地面をうつ鈍い肉の音がする。即死——ビンビサーラがそうおもったと同時に「オギャ！　オギャ！」と泣き声がした。

「なんと！」

アバヤが叫んだ。急いで抱きあげ、短剣のヒモで臍帯《さいたい》をきつく縛って止血し、全身をたしかめてからいった

「左の小指が折れているようですが、そのほかにケガはないようです。奇跡です」

「小指が……」

ビンビサーラが眉間にシワを刻んだ。断末魔の声をあげ、自分に手を突きだした行者の小指がよみがえる。行者のそれは醜く折れ曲がっていた。

生まれるまえから恨みをもつ者

カルチャー教室／講師の解説と聴講生たち

「悲惨な話になってきましたな」

修道が受講者をなごませるため笑みをうかべて、「男が〝堕《お》ろせ〟とせまり、女が〝いやよ〟と抵抗する。男女の諍《いさか》いは二千五百年まえからかわらないようですな」

「男と女とでは、赤ん坊に対するリアリティがちがうんじゃないですか」又吉青年がいった。「女性は十月十日、お腹にかかえているわけですから」

「男はタネをつけるだけだもんな」山城がまぜかえすが、及川はニコリともせず生真面目な顔で、

「又吉君のいうとおり、まだ見ぬ子供となればビンビサーラにリアリティは希薄だとおもいます。だから死産させろと平気で口にできる。ところが、イダイケはあれほど恐怖していたにもかかわらず、赤ん坊が愛おしくて産みたがる。男のわたしには理解しがたいところです」

「羽田さん、女性の立場からいかがですかな」

「理屈をこえたものじゃないかしら。懐妊にいたる経緯はどうあれ、新しい命を自分のお腹に宿したという、その事実に女性は感激するんだとおもいます」

「なるほどな」山城が足を組んだまま、「俺の知り合いにもいるぜ。不倫して、孕《はら》んで、捨てられちまってよ。堕ろすかというと、そうじゃねぇ。どうしても産みたいっていいはってる。女ってぇのはわからないもんだ」

加世子の顔に朱がさしたが、最前列とあって気がついた者はいないだろう。

「先生」又吉が手をあげて、「先生は命の大切さをおっしゃろうとしているのか、男女の〝赤ちゃん観〟のちがいをおっしゃっているのか、講義の狙いはなんでしょうか」

お寺の法話会でこんな質問をする人はいない。説教はたいてい一方通行で、聴聞を重ねることで信心を深めていこうとするが、カルチャー教室の受講者は「狙いはなにか」と短絡的に結論をききたがる人がすくなくない。仏教を学ぶ意義は結論にいたる過程にあるのだが、それをここでいってもはじまるまい。

「ともあれ」

修道が咳払いをして、「赤ん坊は奇跡的に助かった――そういうことですな。では、物語を先に進めましょう」といって朗読テキストを手にとった。

赤ん坊は「善見《ぜんけん》」と名づけられた。物事を正しく見るという願いをこめて「善」の文字をもちいたのだろう。善見の誕生を機にビンビサーラはコーサラ国との共存に舵を切りもした。戦乱に終止符をうち、十六大国がともに手をたずさえて繁栄することを願った。「善」の字に、アバヤは兄の後悔の念を見るのだった。

イダイケは頬ずりするようにして善見を可愛がった。ビンビサーラも同様で、善見が指に腫れ物ができて泣いたとき、抱きあげて血膿《ちうみ》をみずからの口で吸いとってやった。しかも血を見て善見が恐れないようにと、それを吐きだすことなく飲みこんだ。その場に居合わせたアバヤもイダイケも、そこまで子煩悩になるものかと驚いたものだった。

両親の愛情を一身に受けて善見はすくすくと育っていく。善見が五歳になると、ビンビサーラは膝に抱いて象にのり、木刀を与えて剣術を楽しんだ。イダイケが木陰の椅子に座り、笑みをうかべながらそんな父子を見物している。仲睦まじい家族。だがアバヤは、仲睦まじく見えれば見えるほど、兄と兄嫁が心に宿す罪の深さをおもうのだった。

善見が六歳になると、ビンビサーラはアバヤに命じて一歳年長のジーヴァカを遊び相手とした。温厚で、物静かで、利発そうなところがヤンチャな善見に似合いだと、ビンビサーラはとても気にいっていた。

ジーヴァカは毎日のように宮殿にあがって遊んでいたが、観察眼に富んだジーヴァカは善見がいつも左手を軽く握り、人目を避けるようにしていることが気になっていた。

「太子、どうしていつも拳《こぶし》を握っているの？」

ある日のこと。昼食をとりながら左手を見やって問うた。

善見はすこしためらってから、「誰にもいわない？　こんなになっているんだ」おずおずと左手をさしだして見せた。小指が醜く折れ曲がっていた。

「どうして？」ジーヴァカが眉根をよせた。

「小さいときにころんだんだって」

「ごめんね、悪いことききいちゃって」

「いいんだ、ジーヴァカなら」

「太子」

「なに？」

「ぼくが医者になってその指を治してあげる」

「ジーヴァカが？　この指を？」

「はい」

ジーヴァカがそっと手をのばすと、善見の小指に両手をそえるようにふれた。

夕刻、ジーヴァカは宮殿から帰宅すると、「ぼく、医者になるんだ」目を輝かせ、アバヤに善見と約束してきたことを話した。

「そうか」

微笑み、頭を撫でてやりながら、性格も顔立ちも、ジーヴァカと善見は好対照だとアバヤはおもう。善見は母親似で、目鼻立ちがすっきりとした細面だが、ジーヴァカは彫りが深く、ビンビサーラとならぶと父子に見えるだろう。やはり兄の子か、とおもわないではいられなかった。サーラヴァティーにきけばわかることだが、彼女はあの夜に見たきりで行方がしれなかった。

もしビンビサーラの子供であったら、いやその疑いがあることをイダイケがしるだけでジーヴァカは密かに葬り去られるだろう。国王亡きあと、異母兄弟を担いでクーデターをおこす例はめずらしくない。このままマガダ国においておけば、ジーヴァカの身になにがおこるかわからない。幸い本人は医者になりたがっているようだから、年齢がくれば他国に勉強にだしたほうがいいだろう。

これから事態がどう動いていくのかわからないが、善見太子の折れ曲がった小指は不吉の象徴のようにアバヤにはおもえるのだった。

数日後、宮殿の使用人たちが善見のことを「折指太子《せっしたいし》」とか「アジャセ」といった隠語で呼んでいるのをアバヤは耳にする。「折指太子」はともかく、「アジャセ」という呼び方に背筋がひやりとした。

「アジャセ」は「アジャータシャトル」というサンスクリット語で、「王舎城の悲劇」が書かれた経典の中国語訳では「阿闍世《アジャセ》」と音写され、字義は「阿《ア》＝未《み》」「闍《ジャータ》＝生《しょう》」「世《シャトル》＝怨《おん》」——すなわち「未生怨《みしょうおん》」で、「生まれるまえから恨みをもつ者」という意味だ。使用人たちの多くがあの事件をしっていて陰でささやきあっているということになる。

王家の秘密とあって、当時は関係者の誰もが口をとざしたが、六年の歳月がたっている。胸にとどめていた息を吐きだすようにして、すこしずつ秘密をもらしていったのだろう。ウワサは煙のようなもので、どんな堅牢な館であっても戸の隙間から部屋にはいりこんでくるように、口の端にのって伝播していく。善見太子が王位をつぐまでは波風がたたないことをアバヤは祈った。

さとりをひらいた釈迦が説法を躊躇した理由

カルチャー教室／講師の解説と聴講生たち

「出生の秘密は、まさに普遍の人間ドラマですな」

修道が朗読テキストを机の上において、「わが子の成長に目を細めながらも、一方でビンビサーラ夫妻は出生の秘密に苦しむ。慶事と弔事は表裏一体。幸せはつねに不幸を内在させているということですかな」

問いかけるように受講生たちを見まわすと、

「だけど先生」又吉青年が挑むような口調でいった。「その不幸は、親の身勝手から生じたものであって、善見のあずかりしらぬことじゃないですか。善見はいい迷惑ですよ」

「誰が産んでくれとたのんだ——というやつですかな」修道が笑顔で受け流して、「わたしの寺は愚息がついでおりますが、坊さんにだけは絶対にならないと十代のころは反抗しましてな。なんで自分は寺なんかに生まれたんだ——きまってこのセリフ。家をでていくのいかないのと、わたしのカミさんに嚙みついておったものです。みなさんのご家庭はいかがですかな」

受講生の多くが子をもつ中年以降とあっておもうところがあるのだろう。一様にうなずいたので、又吉青年がムキになった。「それって親のエゴでしょう。勝手に産んでおいて、勉強しろ、いい学校にはいれ、ああしろ、こうしろ……。子供は被害者です。子供は生まれたいと望んだわけじゃない」

「まさしく、そのとおり！」修道が又吉青年をまっすぐに見て、「生まれたいと望みもしないのに親が産んでくれた。子にとって、これ以上の感謝がありますかな」

又吉青年が一瞬、キョトンとしてから、「詭弁《きべん》です！」

「いや、仏教的な生命観ですな。人身《にんじん》受け難《がた》し――仏教は、わたしたちがこの世に人間として生を受けた不思議を説く。地球上に棲息する生物は、わかっておるだけで約百七十五万種もあるにもかかわらず、わたしたちはこうして人間として生まれることができた。不思議のきわみとはおもわんですかな。あんたがいうように、当の子供が望みもしないのに」

「わかりましたよ。もう結構です」

又吉青年が苦笑して矛をおさめたので、修道が朗読テキストを手にとって「善見の出生の秘密は地雷のようなもので、いつドカンとくるか危険きわまりないですな。さて、これから善見はどうなっていくか。引きつづき物語に……」

「ちょっと、まってくれよ」山城が異をとなえた。「人間に生まれるのがそんなにありがてぇのなら、先週の講義で話したゴータマは悩むことなんかねぇじゃねぇか。病気するのはあたりまえ、歳をとるのも、死ぬのもあたりまえ。それなのに、なんだってわざわざ悩まなきゃならねぇんだ？　カネはうなるほどある。しかも身分は太子じゃねぇか。人間に生まれてありがたい、太子に生まれてありがたい、ありがたい、ありがたいで、これ以上のありがたい人生はねぇだろ。先週もちょいと突っこみをいれたけどよ」

「そう、まさにそこですな」と修道は応じながら、この受講生は鋭いところを突いてくると感心した。誰もがあたりまえとしてスルーしてしまう部分にこそ本質がある。ちょっとした矛盾に即座に反応する呼吸は――イチャモン的といっては失礼だが――おそらく修羅場でつちかってきた条件反射なのだろう。

修道がつづける。

「ゴータマの苦悩の本質は老・病・死そのものにあるわけじゃなく、ありがたい生命《いのち》をさずかっているにもかかわらず、それをありがたいとおもえない自分にある、こういうことですな。誰だって病気にもなれば老いもする。死にいたっては必然であるにもかかわらず、それを受けいれることのできない自分に懊悩《おうのう》する。そして、どうすればこの苦しみから救われるか、ゴータマはすべてをなげうってこの答えをもとめたと、こういうことになる」

「ゴータマは奇特な男だよな。で、なんでぇ、もとめた答えってのは」

「山城さん」及川が顔をむけ、「その答えを学ぶのがこの講座でしょう」といって講座の案内チラシをひらひらふって、「苦悩の本質を、お釈迦さまがときあかす――そう書いてあります。ゴータマが命をかけて答えをもとめ、〝あっ、そうなのか〟と真理に目覚めることでブッダになる。ブッダとは〝目覚めた人〟という意味で、この〝目覚め〟をさとりというんじゃないですか」

「くわしいな。講師になったらどうだ」山城が不機嫌な顔でいって、「理屈っぽいのは願いさげだぜ」席を立とうとした。

「まあまあ、もうしばらくおつきあいくださいな」

修道がとりなすようにいってから、「これから物語は、さとりをひらいたゴータマが約束どおりビンビサーラを王舎城にたずねる場面にはいっていくわけですが、そのまえにゴータマがいかにしてさとりをひらいたか、仏教講座としてはこのことを押さえておかなければなりませんな。理屈っぽくならないようにポイントをしぼって話しましょう」

山城に笑いかけてから語りはじめる。

「六年まえ、王舎城をあとにしたゴータマはウルヴィルヴァー（ブッダガヤ）の森で苦行をはじめるのはすでにご紹介しましたが、当時、インドではバラモン教の苦行信仰が大きく影響しておりまして、出家者の多くが苦行によって精神的解放を得ようとしたんですな。瞑想や断食、さらに息をとめる、灼熱の直射日光を浴びる、片足立ちなど過酷なさまざまな苦行をみずからに課した。ゴータマは骨と皮になるまでやせ細り、息も絶え絶えになるほど苦行に励む。

で、どうなったか。どうにもならない。六年をついやしてなお苦しみを解決することができなかった。苦行は真実の道ではないと気づいたゴータマが苦行を捨て、半死半生の身体をパルガ川で沐浴しておるところへスジャータという村の娘がとおりかかり、乳粥《ちちがゆ》を与える。体力を回復したゴータマはピッパラ樹の下に坐し、さとりを得るまではここを動かないと決心し、瞑想にはいることになる。

この瞑想を邪魔するのが煩悩の化身である魔王マーラーですな。ゴータマにさとりをひらかせまいとして心にはいりこみ、さまざまな妨害をくわだてる。怪物に襲わせたり、〝悪魔の軍隊〟を総動員して武力で襲わせたりするがゴータマは動じないで、静かに目を閉じたまま瞑想をつづける。こりゃ、どうにもならんというので……」

言葉を切ってから、「これならゴータマも心を動かすにちがいないと、魔王マーラーがゴータマの心に送りこんだのが……。山城さん、なんだとおもいますか」

「女だ」

「さすがですな。マーラーは三人の美女をさしむける。色欲は本能に根ざすものですから人間は〝色仕掛け〟に弱いんですな。最大の弱点といっていい」

「よーく、わかるぜ」

「ところがゴータマは動じない。結跏趺坐《けっかふざ》のまま大地を右手でふれると大地がゆれ、三人の美女はたちまち醜悪な老婆に変じる。そしてゴータマはマーラーに対して『なんじは敗れたり』とつげ、さとりをひらくんですな。悪魔を打ち負かしたことから、これを《降魔《ごうま》の伝説》と呼ぶ。ゴータマが坐していたピッパラ樹は、さとり（菩提）をひらいた樹――すなわち菩提樹と呼ばれる」

一気に語って、「理屈っぽくしないで駆け足で説明するとこういうことになります。山城さん、いかがですかな」

「まさか〝色仕掛け〟がでてくるとはおもわなかったぜ」

修道が山城に笑みをかえして、「つまり魔王マーラーの妨害は人間の心を支配する欲望、貪《むさぼ》り、快楽、不安、怒り、恐怖、戸惑いといった煩悩の象徴ということですな。男性のチンポコのことを世俗に魔羅《マラ》ともうしますが、これは修行僧の隠語でしてな。チンポコは仏道修行をさまたげるものという意味でそう呼ぶようになった」

「あら、ヤダわ」加世子の声に教室がざわつく。

「ダジャレ、寒《さぶ》いっスよ」又吉青年が肩をすくめると、及川が「先生、ご婦人方がいらっしゃるんですよ。セクハラといわれかねません」

「なに堅てぇこといってんだ」山城が舌打ちをして、「小むずかしい理屈より、よっぽどわかりやすいじゃねぇか。魔羅、マーラー、チンポコ、煩悩――。なるほど、だぜ」

「しかし、仏教の講義でセクハラまがいの……」

「ウォホン！」修道が大仰に咳払いをして及川をさえぎり、

「これはダジャレじゃなく、マーラーというのはサンスクリット語の〝悪魔〟〝殺す者〟という意味で、煩悩の化身のこと。漢字で音写して《魔羅》となる。これを中国人は《奪命《だつみょう》》（命を奪うもの）と翻訳しました。煩悩は、まさにわたしたちの命をも奪いとる恐ろしいものというわけで、きわめてマジメな話ですぞ。チンポコ――失礼、陰茎を修行僧は魔羅と呼んで自戒したというわけですな」


教室のにぎわいがおさまるのをまって、修道がつづける。

「さまざまな妨害に対して、ゴータマはひとつとして心の動くことがなかった。魔王はついにその姿をゴータマのまえにあらわす。醜く顔をゆがめる魔王マーラーをまえにして、ゴータマは静かにつげる。

『わたしは長いあいだ、苦しみがどこから生じるのかさがしもとめ、見つけることができないまま苦悩の日々を送ってきた。だが、いまはよくわかる。わたしは迷いを生みだす渇愛《かつあい》（執着）から離脱して寂静《じゃくじょう》の涅槃《ねはん》（安らぎ）に到達した』――。


ゴータマがいいおわると、醜悪な顔をしたマーラーがおだやかなゴータマの顔にかわり、たちまち姿を消してしまう。魔王マーラーこそ、ゴータマ自身の姿であり、悩みや苦しみは自分の妄執や執着がつくりだしているという《真理》に目覚め、ここにさとりがひらかれるというわけですな。

ちなみに《ブッダ》という言葉はサンスクリット語で《真理に目覚めたもの》を意味し、音写して仏陀《ぶつだ》と漢訳されたものであることはご案内のとおりです。仏陀という漢字そのものに意味はないんですな。《釈迦牟尼仏《しやかむにぶつ》》はサンスクリット語《シャーキヤ・ムニ・ブッダ》の音写です。《シャーキヤ族の聖者（牟尼）で真理に目覚めた人》という意味で、縮めて釈迦、尊敬の念をこめて《釈尊》と呼ばれる。

のちに釈迦は、魔王マーラーが攻めかけてきた軍隊の本質について、わたしたちにこう説いております。

『なんじの第一の軍隊は欲望であり、第二の軍隊は嫌悪であり、第三の軍隊は飢渇であり、第四の軍隊は妄執といわれる。なんじの第五の軍隊はものうさ、睡眠であり、第六の軍隊は恐怖といわれる。なんじの第七の軍隊は疑惑であり、なんじの第八の軍隊は見せかけと強情とあやまって得られた利得と名声と尊敬と名誉と、また自己をほめたたえて他人を軽蔑することである。これらはなんじの軍勢である。魔王の攻撃軍である。勇者でなければ彼にうち勝つことはできない。勇者はうち勝って楽しみ（安らぎ）を得る』

こうしてさとりをひらいたお釈迦さんですが、当初、このさとりについて説法する気はなかったんですな。渇愛（執着）が苦を生みだすという法（真理）は、富や名声などが満たされることをもって幸せとする世間の価値観とは真逆のもの。はたして法を説いて人々に理解できるだろうか――お釈迦さんは自問し、人々はさとりの境地をしることはできないだろうと結論し、沈黙を守る。

ところが、そこへ仏法を守護する神の梵天《ぼんてん》があらわれ、衆生《しゆじよう》（人々）に説くよう強く請われるんですな。これを《梵天勧請《かんじよう》》といい、お釈迦さんはサールナートの林園『鹿野《ろくや》苑《おん》』ではじめての説法をおこなう。これを《初転法輪《しよてんぼうりん》》と呼び、鹿野苑は後世、仏教の四大聖地のひとつとなる」

理屈っぽくなったが、釈迦がいかにしてさとりをひらいたかについてはふれておかなければならない。ここまでいそいでしゃべっておいて、

「お釈迦さんが説法をためらった気持ち、わかりますかな」

と受講生たちに話をふった。「名利《みようり》――つまり富や名声をもとめたり、それを守ろうと執着する心が苦の元凶だからそのおもいを捨てよといわれて、〝はい、わかりました〟となるかどうか。いかがですかな」

「なるわけねぇよ」

即座にリアクションするのはいつも山城で、「そりゃ、お釈迦さんのいってることはわからねぇでもないけど、カネを稼いだり、名を売ろうという目標があるから努力するんじゃねぇのかい？　人間、努力が大事だぜ。そうだろう、みんな」

多くがうなずくのを見て、修道がいう。

「目標はたしかに努力のモチベーションになりますな。しかしながら、その目標にどれだ

けの意味——つまり、安穏な人生を送るためにどれだけの意味をもつのか、ここが肝心のところではないですかな」

「なにいってんだよ。カネをたんまり稼ぎゃ、人生バラ色じゃねぇか」

「しかし、山城さん、お金を稼ぐことに汲々とし、貯めこんだ財産を横どりされないよう疑心暗鬼の日々をおくるとなれば、それは幸せですかな」

「貧乏人でいるよりいいだろう」

「釈迦にこんな言葉があります。『知足の人は地上に臥《が》すといえども、なお安楽なり』。意味は、足るをしる人は地面で寝るような貧しい暮らしをしていても安楽だが、足ることをしらない者は、豪勢豪奢な家で暮らしていたとしても、まだ満足がいかない。足ることをしらない者は裕福であっても心が貧しく、足ることをしる人は貧しくとも心は豊かであるというわけですな」

「きれいごとだぜ」

「僕は秋葉先生のおっしゃるとおりだとおもいます」又吉青年が山城に反論する。「目標を掲げ、それにむけて努力するというのは立派なように見えますが、その本質は欲につき動かされているだけです。だから目標が達成されなければ挫折であり、努力は無意味なものになる。周囲の人たちもおちこぼれと見る。そんな人生でいいはずがない」

「兄ィちゃん、人ごとじゃねぇみたいな言い方だな」

「い、いえ、そういうわけじゃ……」

「ともかく」修道がひきとる。活発な意見は結構なことだが、講義は六回だ。今日で二回目。先に進めなければならない。

「さとりをひらいたお釈迦さんが説法を躊躇した理由がおわかりでしょう。世俗の価値観の転倒であるから人々は容易には受けいれない。しかし転倒させないかぎり、苦悩からは救われないということになる」

と、話をまとめてから、

「ビンビサーラもイダイケもそうですな。世継ぎに恵まれなければマガダ国という大きな財産を手放さなければならなくなる。手放さないためには世継ぎに恵まれなければならない――こう考えるのが、わたしたちの常識であり価値観です。ですが、ビンビサーラ夫妻の苦悩の真因は、手放さなければならなくなってしまうことではなく、手放したくないという執着にある。このことに本人たちは気づいておらんのですな」

ビンビサーラ夫妻は「なぜ子供に恵まれないのか」と悩むのではなく、「子供に恵まれないことを、なぜ自分たちは悩んでいるのか」「なぜ自分たちはわが子にマガダ国をつがせようとするのか」と掘りさげていけば心に宿す執着に行きあたるはずだ――と修道は語ってから、

「世継ぎに恵まれないという焦燥の苦しみからのがれようとして行者を殺し、この非道の

行為があらたな苦しみを生みだし、そして今度は、わが子が出生の秘密をしるのではないかという不安に苦しむ。執着という欲が、苦悩の連鎖を生んでいくということに異論はないかとおもいます」

講義台に置かれたペットボトルの水をコップに半分ほどついで飲み干すと、修道は物語の朗読を再開する。

物語

ビンビサーラは三十一歳になった。コーサラ国とあいかわらず水面下で緊張をはらんではいたが、さしせまっての危機はない。イダイケの過保護ぶりはいささか気にはなるものの、母になったことの嬉しさのあまりだとおもえば、口うるさくもいえまい。

それに善見はまだ六歳。ビンビサーラが父の跡をついで即位したのは十五歳のときだ。帝王学をさずけるのはその歳になってからでもおそくはあるまい。「王の間」の椅子にイダイケとならんで腰かけ、一歳年長のジーヴァカと木彫りの象で遊ぶわが子に目を細めながら、ビンビサーラはそんなことを考えていた。

木彫りの象は子供の背丈ほどある。善見はとりすがって必死によじ登ろうとするが、何度もすべりおちてしまう。それを見ていたジーヴァカは椅子をもちだし、踏み台にして難なく背にまたがった。

「ジーヴァカは頭がいい」ビンビサーラがイダイケに笑いかけると、

「要領のよさより、ひたむきさを貴ぶべきです」

トゲのある言葉をジーヴァカに投げつけてから、「善見、象にのれなくてもいいのよ。あなたは小賢《こざか》しいことをしないで頑張りました。立派です」手を引くと部屋からでていった。

アバヤはうしろ姿を目で追いながら、母になったいま、イダイケには苦悩も罪悪感もないのだとおもった。五階の高みから産みおとすよう命じたのは夫であり、自分はそれにしたがうしかなかった――そんな〝被害者意識〟になっているのかもしれない。これがお腹を痛めるという女の心理なのか。

ジーヴァカが泣きだしそうな顔でこっちを見ている。

「帰ろうか」アバヤが笑顔で手を差しのべたところへ警備隊長が血相をかえてとびこんできて、叫ぶようにいった。

「僧侶の一群がこちらにむかっています！　明日の昼には王舎城に到着します。城門をあけていいものかどうか警備兵が判断をあおいでおります」

「やってきましたか」アバヤが頬をゆるめる。「六年まえ、ここから修行に旅立たれたシャーキヤ国のゴータマ太子様の一行かとぞんじます」

「ゴータマが？」

「はい、いまは釈迦牟尼仏《シャーキャムニブッダ》と呼ばれておいでです。さとりをひらいたなら、再びこの地に帰りきたりて説法をしてほしいと国王はお話しになりました。釈尊はお約束をはたしにこちらにこられたのでしょう」

「隊長、丁重にお迎えせよ」

「承知しました」

「まて！」呼びとめ、アバヤにむかって「比丘《びく》（僧侶）の一群が滞在するとなると……」

「霊鷲山《ギッジャクータ》がよろしいでしょう。石窟がたくさんありますし、頂上は広場になっておりますので、説法にうってつけかとぞんじます」

「よし、霊鷲山を提供しよう。明日の昼、宮殿で会いたいとつたえてくれ」

「かしこまりました」

一礼するとジーヴァカの手を引き、隊長をともなって馬車にむかった。はためには順風に帆を受けるようなビンビサーラであったが、眠れぬ夜がつづいていることをアバヤはしっている。行者を殺《あや》めてまでさずかったわが子を産み殺させようとしたこと。これらの所業が善見に発覚するのではないかという不安と恐怖……。わが子への愛情が深まれば深まるほど不安と恐怖は増大し、激しい後悔にさいなまれるのだろうとアバヤはおもった。

翌日の昼まえ――。

釈迦を案内して宮殿の「謁見の間」にはいったアバヤは、イダイケの不機嫌な顔を見て察した。善見にかかりきりのイダイケにしてみれば、さとりの話などに関心はなく、釈尊に会うのすら面倒だとおもっているのだろう。「どうしてわたくしや善見が他国の比丘に会わなくちゃならないのよ」――ビンビサーラに投げつけたであろうイダイケの金切り声がきこえてくるようだった。

「釈尊、ようこそきてくれた」ビンビサーラが笑みをうかべてたちあがった。「わしの跡継ぎを紹介しよう。善見太子だ。そしてこっちは跡継ぎを産んでくれた妃のイダイケだ」

「ようこそ」イダイケがそっけなくいった。

「善見、釈尊にご挨拶を」

ビンビサーラがうながしたが、善見は今日も木彫りの象にまたがろうとして何度もとりついては滑りおち、顔を朱《あか》くしている。幼子《おさなご》にしてこの執拗さがアバヤは気になったが、その様子をじっと見ている釈尊の視線がもっと気になった。釈尊の視線は、善見の折れ曲がった小指にそそがれているような気がしたのだった。

「善見！」ビンビサーラが声を荒らげた。「ご挨拶だ。わからんのか」

「あなた！」イダイケが目を吊りあげてたちあがった。耳飾り、そして純金に宝石を散りばめた胸元の瓔珞《ようらく》（ネックレス）がゆれる。「どうしてマガダ国の太子がそこまでしなくちゃならないの」

「つつしめ、釈尊のまえだぞ！」

「どなたのまえだろうと、まちがったことはもうしておりません。善見！」イダイケが手を引いた。

「いやだ、象にのるんだ！」

「あとになさい！」引きずるようにして部屋からでていった。

「お恥ずかしいところをお見せしてしまった。子育てに夢中でな。臆病な小動物も子育ての最中は虎にさえ牙を剝くというが、そのとおりだ。さっ、座ってくれ」

大理石の大テーブルをはさんで二人は正対した。

ビンビサーラの背後にたつアバヤは、釈迦の顔を正面から見た。道をもとめてマガダ国に逗留した六年まえのひたむきな表情はなかった。人々の心をやさしく包みこむようなおだやかな眼差しでありながら、凜として聳《そび》える霊峰ヒマラヤのような存在感がある。袈裟は土ぼこりで汚れてはいるが、肩脱ぎにして左肩のみを覆っている。偏袒右肩《へんたんうけん》と呼ばれる袈裟のつけ方で、王に対する礼法だった。

「釈尊、さとりをひらけば本当にいっさいの苦や不安から救われるのだろうか」ビンビサーラが問いかけた。

「救われます」

「ならば、そなたがひらいたさとりとはなんなのか、このわしに教えてくれんか」

「承知しました。では、実際にご覧にいれましょう」釈迦がいってふところに右手を差しいれた。

なにがでてくるのか。ビンビサーラもアバヤも息をとめ、腕の動きを凝視する。釈迦はふた息ほど深呼吸をしてから腕を引き抜くと、手の甲を下にしてビンビサーラにさしだした。五指が固く握られている。釈迦はビンビサーラの目のまえで、花弁がひらくようにゆっくりと指をひらいた。

ビンビサーラが顔を険しくした。手のひらにはなにものっていない。アバヤがあわてた。

「釈尊、これはなんのまねで……」

「いっさいは空《くう》」釈迦が凛としていった。

「森羅万象——すなわち存在するいっさいのもの、あらゆる現象には実体はないとすること。これがさとりです」

「バカな」ビンビサーラが声を荒らげ、テーブルの金箔をほどこした細長い花挿《はなさ》しに顎をしゃくっていった。「じゃ、これはなんに見える。花挿しではないか。これが実体でなくてなんなのだ」

「そのとおりです。《空》は《無》のことではありません。花挿しはたしかにここに存在していています。ところが、その存在は、わたしたちが存在すると認識しているだけであって、実体そのものは存在していないのです」

「そんな戯言《たわごと》のために五年も六年も修行したというのか」怒気で顔を朱く染めていった。

釈迦は表情を動かさず、花挿しに手をのばすと、力まかせにテーブルの角にうちつけた。

赤い花が水と一緒に床にとび散り、上部がちぎれてなくなった花挿しをかざしていった。

「これはなんに見えますか」

「ガラクタだ」

「花挿しでは?」

「こわれるまえの話だ」

「ということは、花挿しという実体はなく、関係性――すなわち形状をもって花挿しと認識しているだけということになりませんか」

「言葉の遊びだ」

「では、ご子息の善見はなぜ太子なのですか」

「わかりきったことを。王の子――わしの子だからだ」

「では、もしあなたが失脚して国を追われたならご子息はどうなりますか」

「太子ではなくなる」

釈迦がうなずいて、

「かくのごとく、すべては関係性においてたまたまそうなっているにすぎないにもかかわらず、人はそれを実体であると錯覚をする。わが子を得て国をつがせ、財産をつがせようと腐心するのは実体のない蜃気楼をつがせるのとおなじなのです」

ビンビサーラが不意をつかれたような顔で釈尊を見ている。無言のまま肩で二、三度息をしてから「なにもかもごぞんじなのか……」かすれた声でいった。「釈迦《シャーキャ》牟《ム》尼《ニ》仏《ブッダ》、もっと話をおきかせ願いたい」

「霊鷲山で説法をつづけます。よろしければ聴聞においでください」

釈迦がたちあがった。

《因縁生起》を考える

カルチャー教室／講師の解説と聴講生たち

修道が手首の内側に眼をやった。

薄手の時計を、文字盤を内にむけてはめてある。葬儀に出仕するときにそうしているからだ。火葬の時間を予約しているため、出棺時間内に読経をおえなければならない。火葬場はつぎからつぎへと霊柩車が到着して分刻みのスケジュールになっているので、遅れるとあとがつかえて大変なことになる。手首の内側に文字盤があれば、経本をもったまま絶えず時間の進行がわかるというわけだ。

講義の終了時間まであと十分ほど残っている。修道は補足しておくことにした。

「お釈迦さんがビンビサーラに説いた〝関係性による存在〟についてですが、これを《諸《しょ》法無我《ほうむが》》というて、《諸行無常《しょぎょうむじょう》》《涅槃寂静《ねはんじゃくじょう》》と合わせて三法印《さんぼういん》ともうします。《印《いん》》とは文字どおり印章《しるし》という意味ですな。これら三つの特徴をもっているものが仏教ということになる」

理屈っぽい話になるので懸念したが、あと十分でおわることは受講生たちも承知しているからだろう。山城もおとなしく耳をかたむけている。仏教の基本なのでふれておかなければならないことだった。

「《諸法無我》とはお釈迦さんがビンビサーラに説いたとおりで、このわたし自身でさえ、関係性において存在している。つまり、〝わたし〟は実体として存在しないということですな。ピンとこないでしょうが、ま、そういうことだと頭の隅にでもとどめておいていただければいいかとおもいます。

《諸行無常》――無情ではなく無常なのでまちがわないでいただきたいのですが――あらゆる物事は常《つね》ではないという意味で、すべてのものは刹那において生滅変化をくりかえし、かわっていくということですな。髪の毛や爪は目には見えませんが、一瞬たりとも休むことなくのびつづけている。細胞もそうですな。同様に社会も、人の心も、人間関係も、価値観もすべて刹那において消え、あらたに生まれ、生滅変化をくりかえしておる。行く川の流れは絶えずしてしかも元の水にあらず――。うまいことというたもので、おなじ水に見えて元の水とはちがう。無常とはそんなものだとおもうてください」

「仏教って、きいていると儚《はかな》い気分になってきますね」又吉青年が口をはさんだ。

「それは無常をどう考えるかですな。幸せな人は〝かわらず〟を願う。このままずっと幸せでいたいとおもうても、そうはいかん。一方、不幸な人は〝かわる〟を渇望する。無常であるという真理がわからず、この不幸な状態がかわらないまま一生つづくのではないかという絶望感にさいなまれる。どちらも〝かわる〟を受けいれられないところに苦しみが生じるということになりますな」

《苦》の原因のひとつに解説がおよんだからか、受講生たちの興味が喚起されたようだ。

「先生、それは〝かわる〟であって〝かえる〟ではないということですか」初老の及川が問いかけた。真剣な表情から察してなにか問題でもかかえているのだろう。

修道が言葉に注意を払いながら答える。「かえる、あるいはかえることができるとおもうておるうちは、残念ながら苦悩とふたりづれですな。なぜなら、いまある境遇のすべては縁起――すなわち人智のおよばざる因縁生起によるものだからです」

「因縁だって？　ちょっとまってくれよ」山城がいった。「先生よ、いうにこと欠いてなんもかんでも因縁のせいにされたんじゃ、たまんねぇよ」

「同感です」又吉青年がいえば、加世子が「努力を放棄するのは敗北主義だとおもいます」と追従する。

因縁についてはつぎの講義で話すつもりだった修道は、もう一度腕時計に目をおとし、「すこし時間がすぎますがよろしいですか」とことわってから、ホワイトボードに《因縁生《せい》起《き》》と走り書きして説明をはじめる。

「略して《縁起》ですな。仏教の根本原理をなすもので、文字のとおり〝縁によって起こる〟という意味になる。花が咲くには種《たね》が必要ですが、種だけあっても咲くことはできませんな。水も、光もいる。さまざまな条件がそろって咲く。種という直接原因を《因》、作用するほかの間接条件を《縁》という。すべての存在は縁起によるというわけで、さっきもうしあげた〝関係性において存在する〟とは因縁生起のことをいうんですな」

「努力の余地はないということですか」加世子が険しい顔を見せていった。

「因縁生起である以上、受けいれるしかないということになりますな」

「やっぱり敗北主義だわ」

「まったくだぜ。釈迦ってな、身もフタもねぇことをいう野郎だな。だいたいゴータマって太子は……」

「努力は大事です。ただし——」修道が声を強くしてさえぎる。「わたしたちの努力は、現状を受けいれられないことから出発する。このことについては前回の講義でお話をしましたな。ビンビサーラ夫妻は世継ぎをもうけてマガダ国をつがせていく——これが自分たちのおもい描く人生です。ところが、いつまでたっても子宝に恵まれない。〝なぜだ〟と自問する。なにか理由があるにちがいないと悩む。そして〝悩みの犯人さがし〟をはじめ、行者を殺してしまう。これがビンビサーラ夫妻の努力であり、わたしたちも同様のあやまちを犯しておるのではないですかな。結果、〝誤認逮捕〟になるため、悩みは解決されないまま〝誤認逮捕〟を因としてつぎからつぎへと新しい悩みが襲ってくる。人間は誰もが努力の名のもとに〝犯人さがし〟をすることで悩みから逃避をはかるのではないですかな」

「じゃ、どうしろってんだ」山城が口をとがらせた。

「因縁生起であることに気づき、現状を甘受する。すべては、そこからはじまる」

「でも、先生」又吉青年が首をかしげていう。「そこからはじまるすべても、結局は因縁生起によるということになりますね」

「そういうことですな。だけど〝誤認逮捕〟はさけられ、あらたに生じる苦悩から解放されることになる」

「よくわからねぇな」それがクセなのか、いらだつと山城は舌打ちをするようだ。

「たとえば」

修道が粘りづよく説明する。すでに終了時間を十分ほどすぎているが、ここが仏教の要のひとつでもある。「山城さんのご職業がなにかはぞんじませんが、その職業になぜつくにいたったか、さかのぼってみてください」

「知り合いがいて紹介されたんだ」

「どういう経緯で知り合ったんですか」

「高校の先輩だ」

「とすると、山城さんがその高校にはいらなければ先輩と知り合っていないということになりますかな」

「そうだな」

「山城さんがその高校を選んだ理由は？」

「勉強できねぇからよ。ほかに行く学校がなかったんだ」

「どうして勉強ができなかった？」

「中学のときから不良やってたからよ」

「どうして不良を？」

「家にいてもつまんねぇからさ。親は夫婦仲が悪くてケンカばっかりだもんよ。子供にしちゃ、おもしろくねぇだろ」

「ご両親の夫婦仲がよかったら不良にもならず、勉強ができて別の高校に行っていたかもしれませんな」

「かもしれねぇな」

「わかりましたよ、先生」及川が大きくうなずいて、「そうやってさかのぼっていけば、いろんな縁が絡まりあっていまの自分がある――そういうことですね」

「おっしゃるとおりですな。それも先祖代々にまでおよぶ。縁は網の目のようにつながっていて、そのつながりのどのひとつがちがっていても現在の自分はない。そして縁が縁をつむぎだす以上、これは自分の意志ではどうにもならん。このことに気づけば、いまある自分、いまある問題、いまある悩みに対する見方もかわってくるのではないでしょうか」

腕時計に目をやって、「だいぶ時間をすぎてしまいましたな。《涅槃寂静》についてふれておけば、涅槃とはさとりの境地のことで、寂静はやすらかであるという意味です」

ホワイトボードに《涅槃寂静》と書きつけて、

「《寂静》というのはひっそりとして静かなことという意味ですからおわかりになるとおもいますが、《涅槃》という言葉は日常ではつかいませんな」

一同がうなずくと、

「仏教の言葉に関することなのでここで説明をしておきますと、《涅槃》という漢字そのものには意味がないんですな。音写ということについてはまえにもふれましたが、涅槃は梵語（サンスクリット語）の《ニルヴァーナ》の音写——つまり中国で翻訳するときに漢字を当てはめたものだからですな。中国伝来の仏教は梵語の音写がよくなされていて、たとえば阿弥陀如来の《阿弥陀》は梵名のアミターバ（量《はか》りしれない光をもつ者）、あるいはアミターユス（量りしれない寿命をもつ者）を音写したものです。ですから、阿弥陀という仏の名前の由来はいくら考えても字面からはわからんというわけです。

《涅槃》もそれとおなじで《吹き消された状態》という意味ですから、ローソクを想いうかべていただければいいですかな。燃えている火が煩悩。それをフッと息を吹きかけて消す。火が消えたやすらかな境地になった状態をさとり、すなわち涅槃というのです」

時間に追われるように急ぎ足で解説して、「では、今夜はこのあたりで」といった。

受講生たちが椅子を鳴らして腰をうかす。及川、又吉、そして加世子が山城の席に歩み寄る。修道に異をとなえたことで連帯感のようなものが芽生えたのだろう。時間がすぎたということで唐突に講義がおわったため、三人は消化不良の気分だったのかもしれない。

「そこいらで軽く飲《や》っていくかい？」

山城が顎をしゃくっていった。

居酒屋「呑呑《のんのん》亭」

忘年会シーズンとあって、有楽町界隈の居酒屋はどこも混んでいた。二軒にことわられ、三軒目に「満席です」と法被《はっぴ》を着た若い店員が無愛想な顔でいったところで山城がブチ切れた。

「てめぇ、席がねぇってのなら客を追いだすぞ！」

店員が息をするのも忘れて棒立ちになった。

「お客さん、なにか！」店長らしき中年の小男がすっとんでくる。

「なにかじゃねぇよ、バカ野郎！　そこいらにぐたぐだ長居してる客がいるだろう。追いだせ。俺がやってやろうか」

　山城に睨まれたサラリーマン風のグループ客がこそこそと腰をあげ、若い店員がいそいでテーブルを片づけた。

「俺がもつから好きなものをたのんでくれ」席について山城がいった。

「ワリカンということでどうでしょう」及川が年長らしくやんわりといいなし、加世子も又吉も笑顔で賛同した。山城が気のいい人間であることはわかってはいるが、借りをつくるのは賢明ではないととっさにおもったのだろう。

　四人が生ビールのジョッキを軽く掲げ、ひと口飲んでから、及川が問いかけた。「山城さん、仏教に興味があるんですか」

「似合わねぇてか」

「い、いえ、そうじゃなくて、どうしてなのかなとおもって」

「お宅は?」問いに答えず、問いでかえすところが山城らしかった。

「前々から仏教に興味がありましてね。退職して時間もできたので」

「カミさんは?」

「三年ほどまえに亡くしまして、いまは長男夫婦と同居しています」

「嫁とうまくいかないってか」

「ちょっと、山城さん」加世子が笑みをうかべて、「そんなこときかれたら及川さんが返事に困るじゃないですか」如才なく助け船をだす。

「姐《ねぇ》さん、仏教って顔じゃねぇな」

「あら、失礼しちゃうわ。わたしも前々から興味があったの。これからの時代、仏教的価値観で世のなかを見ることがもとめられるとおもって」

「なにやってんだ」

「広告代理店に勤めてます」

「亭主は？」

「亡くなったわ」

「及川ダンナとおなじかよ。つれ合いを亡くすとホトケ心がおきるってわけでもねぇだろうに。ガキは？」

「中二の男の子がひとり」ちょっと間をおいてから、「白金学園にかよっているの」

「ほう、白金ですか」及川が感嘆する。「将来が楽しみですな」

「さあ、どうかしら」ウフフと笑ったところで、

「僕の後輩になるんだな」又吉青年がぼそりといった。

微妙な空気が流れる。名門の白金学園は東京大学合格率がトップクラスであるだけでなく、授業料も高く、ハイソサエティーの学校としてもしられている。神経質そうで、世のなかを斜めに見ているようで、学生にも社会人にも見えないような又吉青年が、まさか白

金学園の卒業生だったとは驚きより先に唖然としたのだろう。

「とすると、又吉君は大学は……」及川が咳払いをして話をつぐと、

「行っていません。三年つづけて東大を受けておちました」

「それは残念だったね」

「残念じゃありません。東大がなんだっていうんですか。いや、白金学園がなんだっていうんですか。将来なんか、ちっとも楽しみじゃなかった」

「兄ィちゃんは東大生崩れじゃなくて、東大受験生崩れかい」山城がニヤリとして、「受験生崩れがなんでまた仏教講座なんだ？」

「仏教ビジネスのノウハウを……」いいかけて、「山城さんはどうしてですか。さっきから問いかけばかりで、ご自身のことにはお答えになっていないじゃないですか」

「ガキが親をどうやって殺すのか、ちょいと参考までにききにきたんだ」

「冗談ばっかり」

　加世子は笑いながらも、又吉青年が白金学園の卒業であることが気になった。高等部にはエスカレーター式にあがれることになってはいるが、卓也が又吉青年のようにならないともかぎらない。席をたった。トイレにはいるといそいでバッグからスマホをとりだし、帰宅時間をＬＩＮＥした。返信はなく「既読スルー」だった。

秋葉修道はまっすぐ世田谷のマンションに帰った。風呂にはいり、コンビニで買った弁当と缶ビールで食事をすませる。妻を亡くして十年がたつ。自坊を長男にゆずり、このマンションに住んで法話やカルチャー教室に出向して気ままな生活をおくっている。悠々自適といわれればそのとおりだろう。身体は健康であるし、日々の生活に不足も不満もない。幸せな晩年であると自覚しつつも、ふとしたときに空虚感に襲われるときがある。

その正体はわかっている。人がうらやむ境遇にあろうとも、欲を背負って生きていくのが人間である以上、つねに満たされざるおもいがある。空虚感などといった抽象的なおもいは、悩みにさいなまれている人にしてみれば腹立たしくなるほど贅沢なものだろう。そのことを承知しながら「知足の人は地上に臥すといえども、なお安楽なり」と今日の講義でも説いた。「医者の不養生」ならぬ「坊主の空念仏」とはこのことではないか、と忸怩《じくじ》たるおもいもある。

「仏法を説くのは、英会話の授業とはわけがちがうでぇ」といったのは本山の宗務長だった。「坊主は還暦からやでぇ」とアドバイスしてくれたときに、つづけてこういった。

「英会話を習う人は、つきつめてゆうたら英語がしゃべれるようになればそれでええねん。けど、仏法はちゃう。知識だけやのうて、そのもっと深いところ——生き方とか救いをもとめてるんや。そうでなきゃ、誰が辛気《しんき》くさい坊主の話なんかききにくるかいな」

そのとおりだ、とおもう。だが、説法する自分、講義する自分は、実際は空念仏をとなえているのではないのか。諸行無常だの因縁生起だのと、したり顔で今日も講義をした。話に偽りはないし、そのとおりだと確信もしているのだが、自分が人生にどこまで納得しているか、それを説く自分が本当に救われているのかと自問すると、答えに躊躇する。

だけど、と修道は自分にいいきかせる。煩悩にまみれた凡夫であると自覚するからこそ、本気で仏法が説けるのではないか。料理を腹いっぱい食べてみたいという願望は、腹を減らした人間が語ってこそおもいがつたわる。満腹の人間に垂涎《すいぜん》の料理は語れないのだ。そう考えれば気はいくらか楽になる。

次回講義のため、朗読テキストをひらいた。まだ一週間先だが、修道は講義の手応えが残っているうちに手直しすることにしていた。次回は、いよいよダイバダッタ（提婆達多）が登場する。彼は釈迦の甥にあたり、弟子でありながら釈迦に造反し、善見太子を巻きこんで「王舎城の悲劇」がはじまる。

修道が指をなめてページをくった。

（第二回講義・了）

第三回講義

反省するのも「欲」

カルチャー教室／講師の解説と聴講生たち

講義も三回目とあって、気のあった者同士が談笑している。山城穣治が椅子に足を組んで座り、そばに及川耕一と又吉春樹がたって話をしているのは今回もおなじだった。居酒屋「呑呑亭」での及川は聞き役のようなものだったが、好き勝手なことを口にする山城に爽快感のようなものを感じていた。夕食の都合があるので、おそくなるときは電話をかけるようにと、トゲのある口調で嫁の早苗にいわれたが笑って受け流したのは、ものに動じない山城の生き方に触発されたからかもしれない。

又吉も、当初は講義中に見せる山城の独善的な態度や口調に眉をひそめたが、居酒屋で話をきいているうちに、物事の是非を鉈《なた》で叩き割るような思考法に目からウロコのおもいがした。自分はこれまでなにごとも理詰めで考えてきたが、価値観などといったものは論理的である必要はなく、山城のように〝自分流〟で生きていけばいいのだ。

だが当の山城は、父親の介護のことで女房の江利子と口論がつづいていた。認知症の進行で徘徊《はいかい》がはじまり、目が離せないと女房の江利子は訴える。都心からすこし離れてはいるが、渡世で勢いのあった時代、ヤミ金の担保《かた》に戸建てを手にいれ、そこに住んでいる。古い平屋だが、父親を介護するのに不自由はない。不良少年のころからさんざん迷惑をかけた親父だ。自宅でめんどうをみてやりたいが、施設にいれろと主張する江利子の気持ちもわからないでもない。世話するのは江利子なのだ。

羽田加世子が今回も講義の開始まぎわに息せき切ってはいってきた。三人に笑みを見せ、最前列のいつもの席に座った。先夜、山城たち三人と居酒屋で飲んだ帰りの電車のなかで、加世子は気持ちが楽になった自分を意識した。三人と波長があって楽しかった。因縁生起の講義も影響しているのかもしれない。考えてみれば、卓也は勝手に生まれてきたのではなく、わたしの人生の結果なのだ。

教室が静かになる。秋葉修道がいつものように黒い法衣に輪袈裟をつけ、朗読テキストを両手でもってはいってきた。

「まもなく新年を迎えるわけですが、この一年をふりかえってみていかがですかな」修道が問いかける。「人生は反省とふたりづれともうしますが、わたしは反省ということはあんまり感心せんですな。たとえば酔っぱらって大失敗をしたとする。〝なんで酒を飲んだのか、もう二度と飲まないぞ〟という反省は〝つぎは失敗せんぞ〟という欲から発しておる。反省すら欲であるところに人間の業の深さを見ますな」

言葉を切ってから、

「前回はお釈迦さんとビンビサーラの対面までお話ししましたが、こうしてビンビサーラは霊鷲山に説法をききにかよう。苦悩から救われるには苦悩の道理をしること――欲という執着につき動かされ、実体のないものをあるかのように錯覚し、それが苦悩を生みだしているということにビンビサーラは気づかされ得心するんですな。王舎城に暮らす人々も、お釈迦さんの説法をきこうと列をなして霊鷲山に登っていく。十年ほどまえにわたしは王舎城へ行きましたが、ビンビサーラはお聴聞する人々のために石畳の登山道をつくっておるんですな。二千五百年たったいまもこの登山道は『ビンビサーラの道』と呼ばれて現地にあります。

そして、お釈迦さんに帰依したビンビサーラは王舎城の北門の外に竹林精舎《ちくりんしょうじゃ》を寄進する。精舎とは比丘（僧侶）が修行する舎宅ですな。いまはその跡しか残っておりませんが、竹林精舎はコーサラ国の祇園《ぎおん》精舎とともに、お釈迦さんが仏法をつたえるもっとも重要な拠点になっていくのはよくしられているとおりです」

「要するに、ビンビサーラがお釈迦さんの金主《きんしゅ》になったたってわけかい？」

山城がめずらしく黙っているとおもったら、ここで茶々をいれてきた。乱暴な言い方だが、いいえて妙だと感心しながら、「仏教では外護者《げごしゃ》ともうしますな。仏道の修行者を物心両面から擁護する人のことです」

「俺たちの世界じゃ、それを金主とかダンペというんだ」

「俺たちの世界？」

「いいから、講義をつづけてくれ」

「では——」

修道が朗読をはじめた。

物語

平穏のうちに十年がすぎようとしていた。

後悔の念が、よりいっそう仏法にむかわせるのだろう。ビンビサーラは聴聞をつづけ、優婆塞《うばそく》（在家の男性信者）として仁政をほどこし、国民から慈父としてあおがれるようになっていた。これから円熟の四十代にはいる。ビンビサーラは後世、インド史上において「英傑の王」としてその名をとどめることになる。

気がかりの善見は屈託なく育ち、十五歳になっていた。母親似とあって、整った顔立ちは美男の若き太子として国内はもとより、近隣諸国で評判だった。長髪がゆれて額にかかるさまは、なるほど婦女子が騒ぐだけあると父親の目にも映るのだった。

快活で、ヤンチャで、この日も家来を相手に宮殿の中庭で剣《つるぎ》をふりまわしていた。兵隊が剣をおとされ、善見が頭上にかまえたところで、「そこまで！」見物していたビンビサーラがとめた。「王の座をつぐ太子たる者、非道は厳につつしまねばならん。生命《いのち》はこの大地より重い」さとすようにいった。

ビンビサーラが生命の尊さに真に目覚めたのは、釈迦の無言の処し方によってだった。王舎城に釈迦を迎えいれた年の雨期のこと。釈迦たちは托鉢《たくはつ》をやめ、霊鷲山の洞窟に籠もって修行をはじめた。食べものは信者たちが麓からはこんだ。

（比丘といえども雨に濡れるのは嫌なのだろう）

そうおもったが、ちがった。

雨期は草木が芽吹き、昆虫たちが動きまわる季節だ。道が泥濘《ぬかる》むこの時期に説法や托鉢に歩けば新芽を痛め、小虫を踏みつぶしてしまうかもしれない。だから六月から十月にかけての期間、釈迦は弟子たちに外出を禁じたのだった。人間だけでなく、生命あるものすべてに慈愛の眼差しをそそぐ釈迦にビンビサーラは感動する。竹林精舎を寄進したのは、洞窟に籠もる釈迦たちに安居《あんご》の場所を提供するためだった。

釈迦は「兵戈無用《ひょうがむよう》」をくりかえしビンビサーラに説く。「武器も軍隊もいらない」という戒めで、不殺生という仏道にもとづく。ビンビサーラもそのことは理解している。だが、いま軍備を解けばたちまち諸国に占領されてしまう。ビンビサーラのジレンマであり、仏教徒としてこえるべき壁でもあった。

剣術にあきた善見は馬にとびのると、ムチをいれて市場を駆けた。悲鳴をあげて人々が逃げまどう。善見は店先にならぶ果物や食材を蹴散らしてから、「これで気分がすっきりした」といって家来に手綱を放り投げ、ジーヴァカをともなって宮殿にもどると自室にはいった。ベッドを弾ませて仰向けに横になる。

「太子、お話があります」

ジーヴァカが椅子を引きよせると、いつものように物静かな口調で切りだした。「わたしはタキシラ国へ行くことにしました」

善見がキョトンとした。タキシラ国は現在のパキスタンのあたりに位置する。マガダ国から千キロ、難路を行くため徒歩で片道二カ月はかかるだろう。

「なにしに？」

「医学の修行にまいります。ご高名なピンガラ先生のもとで」

「だめだ！」善見が跳ねおきた。「ずっとそばにいてくれなくちゃ困るじゃないか」

「医学を修めて太子の小指を治してさしあげます」

「それは嬉しいけど……」

「小さいころ、お約束しました」

「いつ帰ってくるんだ」

「わかりません。まっていてください」

「だけど……」善見が顔をゆがめた。自分のよき理解者で、わがままのすべてを受容してくれるジーヴァカはじつの兄のような存在だった。そのジーヴァカがいなくなる。多くの家来に囲まれ、太子としてもてはやされながらも、なぜか善見はいいようのない寂寞《せきばく》感にいつも襲われていた。「本当に帰ってくるのか？」

「必ず。太子の指を治すために」

タキシラ国へ修行に旅立つようアバヤがつげたのは昨夜のことだった。

――おまえは十六歳になった。自分が生きていく道をさがす年齢だ。十年まえ、医者になりたいとわしに話したことがあるな。医者になるがよい。

いつもとちがって厳しい顔でいった。

ジーヴァカがうなずいた。善見と比較して誉められることの多い自分を、イダイケ妃が疎《うと》ましくおもっていることに気づいている。友だちでいるだけでは、この国に居場所がなくなるだろう。聡明な十六歳の少年はアバヤの懸念を理解した。

ジーヴァカが旅立って半年もすると、善見のいらだちが目にあまるようになった。馬を駆って市場に乱入するのは毎度のことで、警護兵の態度が気にくわないといって怒り、腰の短剣を投げつけて大怪我をさせたこともある。

荒れるわが子にビンビサーラは不安をいだくが、イダイケは意に介さず、むしろ善見の勇猛さとして目を細めている。

（跡継ぎを得たことは本当によかったのだろうか）

ビンビサーラは自問し、はじめて釈尊と宮殿で相まみえたときの言葉が脳裡をよぎる。当時、ゴータマと名乗っていた釈尊はいった。

――わが子に財産をつがせ、名誉をつがせ、権力をつがせることにどれほどの意味があるのでしょう。

そうかもしれない、とビンビサーラはおもった。だが、善見はこの世に生を受けた。やがてマガダ国を継承する。そのことにどれほどの意味があろうとも、善見は統治していかなければならない。平和で、豊かで、誰もが幸せと感じる国にしてほしい。そして、国民に慕われる国王であってほしいと願うのだった。

ある朝、宮殿に若い僧侶が釈尊の使いでやってきた。偏袒右肩《へんたんうけん》の袈裟を身につけた若い僧はダイバダッタと名乗り、釈迦は遊行からまもなく帰ってくるので月末に竹林精舎で説法をするという伝言をつげてから、

「わたしは釈尊の甥でございます」

と、うやうやしくつけくわえた。

「ほう、釈尊の……。甥っ子殿に飲みものを」アバヤに命じてから、「ご足労をかけた。ゆっくりしていってくれんか」と笑顔でいった。

アバヤがあらためて青年僧の顔を見た。竹林精舎で何度か会った記憶がある。精舎では千名をこえる修行僧が起居しているが、この青年僧は異相なのでよくおぼえている。釈尊のふっくらとした顔と対象的に面長で、鷲鼻で、頬骨が高く、眼は細く吊りあがっている。剃髪にくわえて極端に色の薄い眉毛が不気味だったが、笑うと一変。人のよさそうな顔になる。この表情の落差が不思議で、記憶に残っていたのだった。

「甥っ子殿はいくつかね」ビンビサーラが問いかけた。

「二十四です。伯父のもとで修行をはじめて十年になります」

「なれば、仏教のなんたるかをきわめたのではないかな」

「はい。伯父の説法は《対機説法》です。機とは人間のことで、相手の理解力に応じて話の内容も説き方もかえます。わたしに対しては伯父は厳しく、説く教義は難解でございます」

「釈尊の縁者として教団を支えていくのだからそれは当然だろう。で、釈尊はどんなことをお話しになるのかな」

「たとえば、伯父は『怒り』について、こんな言い方をされます」

ダイバダッタが諳《そら》んじるように釈迦の言葉を口にする。「怒らないことによって怒りにうち勝て。善いことによって悪いことにうち勝て。わかちあうことによって物惜しみにうち勝て。真実によって虚言の人にうち勝て——」

言葉を切り、ビンビサーラの反応をたしかめるようにしてから、

「怒りは三毒のひとつで、三毒とは《貪瞋痴《とんじんち》》という根源的な三つの煩悩のことでございます。貪は貪欲という欲望、瞋は瞋恚《しんい》という怒り、痴は愚痴で無知のことをもうします。おもいどおりにしたいという欲望が満たされないとき、怒りがこみあげてきます。怒りは欲望が生じさせるのです。では、欲望がなぜ生じるのか。根源は無知にあります。なにに対して無知かといえば、諸行は無常であり、自分のおもいどおりにはならないという真理に気づかないこと。すなわち無知が欲望を生じて怒りにいたる——。これが苦悩の正体でありますす」

ビンビサーラがダイバダッタをじっと見やった。三毒については釈尊の説法で何度もきいている。だがおなじ内容の説法であっても、釈尊が説くのと若い僧侶が説くのとでは、おのずとつたわり方はちがってくる。まして聞き手が、ダイバダッタと同世代であればなおさらだろう。「善見を呼んでくれ」アバヤに命じた。

不機嫌そうな顔であらわれた善見にビンビサーラがいう。「こちらは釈尊の甥っ子殿で、ダイバダッタ師だ。彼の話はためになるぞ」

「仏教の話でしたら、そのうちということで」見向きもしないでいった。

ダイバダッタはムッとした。ウワサどおり高慢ちきなヤツだ。だが、ビンビサーラ王のひとり息子だ。背をむけるのは得策ではない。それに高慢ちきなタイプは自信過剰で、一目置かせることができれば意外に与《くみ》しやすいものだ。

ダイバダッタがいきなりパーンと両手を大きくうち鳴らした。善見が足をとめてふりかえった。ダイバダッタは子供の背丈ほどの白い子象に変身し、善見にむかって鼻を可愛らしくふってみせたのである。

「おお！」

ビンビサーラとアバヤが感嘆の声をあげ、善見が唖然として棒立ちになっていた。再び手をうち鳴らす音がして、象はダイバダッタにもどった。「すごい！」善見が駆けよってダイバダッタの手をとると、「なんの、仏道修行の一環です」

こともなげにいった。

ふたりを見やりながら、ジーヴァカが帰ってくるまで善見の相手にちょうどいいのではないか、とビンビサーラはおもった。

「物語における「リアリティ」」とはなにか

カルチャー教室／講師の解説と聴講生たち

「さて、ダイバダッタというお釈迦さんの甥っ子で弟子が登場し、物語はあらたな展開を見せることになります」

修道が朗読テキストをおくと、

「ちょっと、先生よ」山城が〝まった〟をかける。「誰が登場してもいいけど、いきなり子象に変身はねぇんじゃやねぇか」

「僕もそうおもいます」又吉青年が賛同し、及川も「変身の術がでてくるとリアリティがなくなりますね」と口をはさんだが、加世子は広告代理店でプランニングを手がけているだけに発想が柔軟なのだろう。「リアリティをもとめたら仏典の意味はなくなるとおもうわ」と反論してつづける。

「たとえば清純派アイドルの女の子が〝わたし、オナラします〟といえば、リアリティはあるけどファンは引いちゃうんじゃない？　オナラなんてするわけないという非現実世界に生きる〝夢見る夢子ちゃん〟であってこそ、逆の意味でリアリティがでてくる。たとえとしてちょっとどうかとはおもうけど」

「いやいや、わかりやすくていいですな」

修道が笑って、「リアリティにはふたつありましてな。ひとつは《実生活におけるリアリティ》、もうひとつは《物語におけるリアリティ》ということになりますかな。たとえば、阿弥陀如来が法蔵菩薩《ほうぞうぼさつ》と名乗っていた修行時代、自身がつくる理想の浄土へどうすれば衆生を導くことができるかを考え抜いたということが経典『大無量寿経』にでてきますが、どのくらいの期間、考えたかというと、五劫《こう》――未来永劫の〝劫〟ですな」

「劫」の字をホワイトボードに書きつけ、

「これはインド哲学の用語で、一劫がどれくらいの時間かというと、天女が二十キロ四方の岩山に百年に一度おりてきて、その羽衣で岩山を撫でて岩山がすりへってなくなる時間。それの五倍の時間をかけて法蔵菩薩は深く考えをめぐらせたというんですな」

「ハッタリもここまでになると、気が遠くなるぜ」

「そこですな、山城さん。法蔵菩薩は気が遠くなるほど考え抜いた――これが《物語におけるリアリティ》ですな。岩の上で三日三晩考え抜いたとなれば《実生活におけるリアリティ》はありますが、物語としては訴えかける力が弱い。おとぎ話の『桃太郎』を読んで〝桃から人間が生まれるかよ〟といったのでは、この物語が説かんとする本質が見えなくなる。物語は物語として、経典は経典として素直に味わう。これが大事なんですな」

「わかったよ。能書きをいうな――こういうことだろう」

「ですな。……ええっと、どこまで話しましたかな」

加世子がノートに眼をおとして、「ジーヴァカが医学の修行にタキシラ国のピンガラ先生のもとに旅立ち、ダイバダッタが登場したところまでです」

「ありがとう。――こうして、ダイバダッタはときおり宮殿に善見をたずねるようになる。ダイバはとても博識でしてな。日時計の原理なんかも教えて善見に尊敬されるわけですが、ダイバの狙いは教団の外護者たるビンビサーラですな。ビンビサーラを味方につけ、釈迦の跡をつぐという野望をもって虎視眈々と機会をうかがっておった。ダイバダッタの名誉のためにつけくわえておけば、僧侶としても非常に優秀だったことはたしかですな。ただ、自己顕示欲が強すぎる。人間として難があった」

こうして平穏な七年がすぎ、そのあいだに善見は隣国から妃を迎え、男の子に恵まれ、ビンビサーラはマガダ国の安泰に満足の日々をすごす――と修道はいって、

「やがてジーヴァカが王舎城に帰ってくるとのしらせがとどく」

物語の朗読をつづける。

物語

ジーヴァカ・コーマーラバッチャは後世、「医王」と呼ばれ、インド大陸の伝統医学であるアーユルヴェーダの基礎をつくる。薬草に精通し、麻酔に大麻を用いるなど外科手術の起源はジーヴァカとされる。ジーヴァカは音写して「耆婆《ぎば》」と漢字で書かれるが、古代インドの「耆婆」と戦国時代の中国の名医「扁鵲《へんじゃく》」とを重ね、世にもまれな名医を「耆婆扁鵲」と四文字熟語で現代も呼ばれている。

　そのジーヴァカが帰国した。七年まえのおとなしかった少年は立派な青年へと成長し、自信に満ちた顔で胸を張っていた。

「まってたぞ！」善見が首にかじりつく。「名声はきいているぞ、わたしはチャンパー国の国王の娘を娶《めと》った。世継ぎもさずかった。といっても、まだわたし自身、国をついだわけじゃないが」

　声をたてて笑い、窓際に佇んでいた比丘を見やって「紹介しよう。釈尊の甥っ子殿だ」といった。

「ダイバダッタです。ご高名はかねがね承《うけたまわ》っております」口の端を吊りあげるようにして笑みをうかべた。

「ジーヴァカです。よろしくお願いもうしあげます」笑みをかえしてはいるものの、善見はジーヴァカの表情が固いことが気になった。

「どうかしたのか」

「太子の小指のことでございます。まず、そのことを先に……」

「おお、心待ちにしておったぞ」

「それが……。もうしわけありません。いかなる医術をもってしても治すのは不可能かと」

「約束したじゃないか」善見の顔がこわばった。

「あらゆる手立てを研究しましたが、折れ曲がってくっついた骨はいかんともしがたいものでございます」

ダイバダッタが咳払いをして「太子、わたしはこれにて失礼して……」

「かまわん！」善見が険しい声でいった。「ジーヴァカ、ウソをついたのか。この七年、そなたの帰国をどれだけ心待ちにしてきたことか……。七年だぞ！」

「ウソをついたわけではございません。わたしは本心からお治しすると……」

「ききたくない！」

「研究はつづけます」

「もう、いい。でていけ！」善見が顔を真っ赤にしてどなった。

ジーヴァカが頭をさげ、部屋をでた。廊下を進みながら冷静に善見のことにおもいをめぐらせていた。太子はなぜ小指にあそこまでこだわるのだろうか。小さいときから、ずっとそうだ。気になるのはわかる。だが、あのこだわりようは尋常ではない。

部屋に残ったダイバダッタも、おなじことを考えていた。善見の小指の異形のことはしっていたが、気にもとめなかった。自分の容姿など欠点だらけで、美男の善見がうらやましかった。美男ゆえに、小指という些細なことが気になるのかともおもったが、しかしジーヴァカに対するあの怒り方は常軌を逸している。

「太子、その小指は幼いときからでございますか」口にしてみた。

「ああ、ころんだのだそうだ」

「おそらく医者の治療に問題があったのでしょう」

「かもしれん」不機嫌な顔でいった。

なぜそこまで自分は小指を気に病むのか、じつは善見自身がわが身に問いかけていることだった。醜く曲がった小指を見ると激しくいらだってくる。どうして小指がそうなったのか、これまで何度も両親に問いかけたが、「小さいときにころんだ」というだけで話をはぐらかす。自分のいらだちは両親のこの態度に起因しているのではないかと、このころ考えるようになっていたのだった。

「それにしても、太子」

ダイバダッタが言葉をついだ。「ジーヴァカ殿もウソはいけませんな。つこうとしてつくウソは論外としても、確証のないことをさもあるようにつくウソもまた厳しく責められるべきです。彼がどれほど高名な医者であろうと、ウソをついたという一点において人間失格ですな。わが伯父釈尊は不妄語《ふもうご》――ウソをついてはならないと厳しく戒めております」

善見が大きくうなずくのを見て、ダイバダッタが内心でホクソ笑む。今日はじめて会ったが、ジーヴァカなる人物が善見のよき相談相手であることはかねて耳にしている。余計な側近は排除しておくにかぎるのだ。

ジーヴァカのおちこみようが、アバヤは気になった。夜も眠れないようだ。食事もノドをとおらない。頬がこけ、彫りの深い顔がいっそう目立った。太子はジーヴァカの面会をこばんでいる。アバヤとしては、ジーヴァカをマガダ国の侍医にするつもりでいたが、それは無理かもしれない。将来を考えれば釈尊に帰依し、教団の主治医としてそばにおいてもらうのがいちばんいいのではないか。折りを見てビンビサーラに頼んでみようとおもった。

気がかりは、ジーヴァカがじつの親のことをしりたがっていることだ。遠まわしに問われたと、乳母がアバヤに報告してきた。「アバヤ大臣の部下夫婦があなたを残して亡くなったため、代わってお育てになった」――かねてアバヤからいわれたとおりを話したが、ジーヴァカが納得しているとはおもえなかった。

世界最古の仏教寺院である竹林精舎は、王舎城の北門をでて、さらに北方に七、八百メートルほど行った場所にある。広大な敷地の中央に澄んだ水を湛《たた》えた池があり、竹林と調和して美しかった。静寂のなかで鳥がさえずり、リスが地面を忙しく駆けまわり、ときおり吹き抜ける風が竹葉を揺すって涼やかな音をたてている。ここに千人をこえる弟子たちが起居し、釈迦のもとで仏道修行に励んでいた。

午後、説法から竹林精舎に帰ってきたダイバダッタは、報告のため釈迦の居室に顔をだした。

「本日は霊鷲山にて人々を集めて法を説いてまいりましたが、みなが口々に〝まるで世尊のご説法を聴聞しているようだ〟ともうしておりました。甥っ子としては嬉しいことでした」

ご機嫌をとるようにいったところが、釈迦が突き放すようにいった。

「ダイバ、伯父とか甥といった言葉を二度ともちいてはならない。人間は出自や血縁にかかわらず平等である。しかと肝に銘じよ」

縁者だからという理由だけで後継者になれるわけではない――釈尊は心を見透かし、言外にそうつげたのだ。ダイバダッタは屈辱で耳の先まで熱くなっていた。

釈迦には後世、十大弟子と呼ばれる高弟たちがいた。舎利弗《しゃりほつ》、目連《もくれん》、摩訶迦葉《まかかしょう》、阿那律《あなりつ》、須菩提《しゅぼだい》、富楼那《ふるな》、迦旃延《かせんねん》、優波離《うばり》、羅睺羅《らごら》、阿難《あなん》の各尊者で、彼らが釈迦の側近として教団を支えていた。ダイバダッタは釈尊につぐ能力の持ち主だという自負にくわえ、血縁者としていずれ自分が教団をつぐものとおもっているが、高弟たちの評判と人望は教団の伸張につれて日増しに高くなっていた。このことを懸念し、ダイバダッタに注進したのが腹心で三歳下のコーカーリカだった。

「ダイバ様が跡をつぐとしてもおそらく十年後になるでしょうが、はやいうちに釈尊のお墨付きを頂戴し、既定路線にしておくのが賢者の処し方かとぞんじます」

それで釈迦の部屋をたずねたのだが、お墨付きどころか叱責されてしまったというわけである。

コーカーリカが釈迦の部屋のまえでまちかまえていた。

「いかがでしたか」

「血縁は関係ない——そう抜かしおった」吐き捨てるようにいった。

「となれば」コーカーリカがならんで中庭を横切りながら声をおとしていう。「いまの段階で禅譲が期待できないとなれば、ダイバ様が教団内で密かに自派をたちあげ、いずれの好機を辛抱強くまつことこそ最善の方法かとぞんじます」

「自派をな」

「腹案があります。それは……」いいかけたところへ、「ダイバダッタ殿――」横合いから声をかけられた。

「おお、これはたしか……」

「ジーヴァカです。その節は失礼しました」

「今日はなにか」

「釈尊のもとで働かせていただくことになりました」

「ほう、それは心強い。今後ともよろしく」細く吊りあがった目が笑うと一変、人のよさそうな顔になる。

「では――」ジーヴァカも笑顔をかえして釈迦の部屋にむかった。

どうやらジーヴァカは完全に善見に追い払われたということか。これから竹林精舎で顔を合わせるのかとおもうと鬱陶しくはあるが、目は行き届く。かえって好都合かもしれない、とダイバダッタはおもった。善見を足がかりにして、ビンビサーラをとりこむつもりでいたが、釈尊に心酔している以上、それは無理だろう。となれば狙いは善見である。十年後か、二十年後か、いずれにしてもマガダ国の王になる。じっくりと時間をかけて善見を手の内にいれ、意のままに動かすのだ。

「さて、コーカーリカ。どうやって派閥をつくるか、おぬしの考えをきこうではないか」

細い目の奥が冷たく光り、人のよさそうな顔は、そこにはなかった。

ダイバダッタの野望

カルチャー教室／講師の解説と聴講生たち

暖房が効きすぎているのか、朗読テキストをおいた修道が法衣のたもとから白いハンカチをとりだし、額をぬぐってから口をひらく。

「釈迦の教団であっても後継問題がおきるんですな。組織には階級なんぞというものがあって、専務だ、部長だ、課長だといって喜んでおるが、とどのつまりは〝トップ対その他大勢〟で構成されておるんですな。専務も部下なら課長も部下、ヒラはもちろん部下。トップにならなきゃ意味がない。だから後継問題がおこる。ですな、山城さん?」

「なんで俺にきくんだ」山城が苦笑して、「そんなところだな」賛意を表すると、

「しかし、会社であるならともかく」

及川がいった。「お釈迦さんが指導する教団でそんなことがおこるなんて、わたしはいささかショックです」

「なにいってんだ。俺がダイバなら跡目を狙うぜ。先生ならどうだい?」

「わ、わたしは……」いきなり山城にふられて修道があわてた。否定すればきれいごとに

なり、肯定すれば自分の生臭さを公言することになる。「かなうことなら」笑顔でいった。「大教団のトップになって、布教のために存分に力をつくしたいものですな」

　布教のためという大義名分で切り抜け、言葉をあらためて講義を進める。

「当時、お釈迦さんは五十を目前にして、その名声はアジア全域にひろがりつつある。対するダイバダッタは三十そこそこですから、人望においても勝負にはなりませんな。とってかわるには十年、二十年はかかるだろうと冷静に考えるところがリアリストですな。善見が国王になるのにもそのくらいかかるでしょう。たとえ二十年かかったとしてもダイバも善見も四、五十代と若い。まず自派を築いてじっくりチャンスをまつ——ダイバは虎視眈々と狙いを定める」

物語

　釈迦が布教にでた留守など、ダイバダッタは密かに体制批判をはじめた。いつの時代も、どんな組織においても、若手は純粋ゆえに体制批判に心を動かされる。教団といえども例外ではなく、これは釈迦に対する崇拝とは別次元のものだった。

ダイバダッタは修行者たちの精舎での生活を批判した。「仏道を歩み、さとりをめざして修行する者が家屋に住し、俗人の衣服を身につけ、魚肉、乳酪、塩を食しておる。これは堕落ではないか」と説いてまわり、「ダイバの五法」（五事の戒律）を掲げて若手修行僧に訴えた。

五法は修行者が守るべき五つの生活態度で、つぎのようなものだ。
一、人里を離れ、森林山窟に住すこと。村邑（村落）にはいるを罪となす。
一、乞食《こつじき》にさいして家人に招じられようとも断ること。家屋にはいるを罪となす。
一、汚れたままの糞掃衣《ふんぞうえ》をまとうこと。俗人の衣服を着すは罪となす。
一、樹下に坐して瞑想すること。屋内でおこなうは罪となす。
一、魚肉、乳酪、塩を摂らないこと。食せば罪となす。
正論で迫る――これが体制批判の王道であることを、コーカーリカはダイバダッタに進言した。正論に対しては否定はできない。ここがポイントだった。
「正論を貫いてさえいれば必ず賛同者が集まってまいりましょう」コーカーリカはそういった。一人が二人に、二人が四人に、四人が八人となり、一定数を超えればネズミ算式に増えていく。「あわてず、あせらず、コップに水滴を溜めるがごとく辛抱の努力を継続すれば、やがて最後の一滴で水は溢れでる」――コーカーリカの確信だった。やせて小柄。

黒目がまさった双眸《そうぼう》は大きく見ひらき、誠実そうな印象を与える。しゃべり方も物腰も柔かく、コーカーリカから野心を読みとることはむずかしいだろう。ダイバ殿を押したてて自分も登っていく。コーカーリカはそう考えていた。

ジーヴァカに迷いが生じてきた。ダイバダッタに違和感を感じてはいるものの、「五法」こそ仏道の本来のあり方ではないかと考えてしまうのだった。

ある日、「ダイバの五法」の是非について、おもいきって釈迦に問うてみた。

釈尊はさとすようにいった。

「もし欲すれば林住し、もし欲すれば村落に住みなさい。もし欲すれば乞食し、もし欲すれば請食を受けなさい。もし欲すれば糞掃衣をまとい、もし欲すれば居士衣《こじえ》を受けなさい。もし欲すれば樹下に坐しなさい。そして魚肉は、不見・不聞・不疑の三つ——すなわち、自分のために殺したということをしらない魚肉であれば食すことを許す」

一方にかたよらず、受けいれてよいものであれば受けいれよ——釈迦の根幹をなす《中道》の思想であり、《少欲知足》の価値観をジーヴァカにあらためて説いたのだった。

「では、なぜダイバ殿に注意しないのですか」

「機が熟さざるうちは、なにを説いてもきく耳はもたないものだ」

釈迦は静かな口調でいった。

三年がたち、五年がたち、十年がたつころには、ダイバダッタのグループは二百人をこえるまでになっていた。グループは釈迦の弟子として竹林精舎に住まう一方、「ダイバの五法」を公然と実践し、霊鷲山の山窟に密かに居をかまえ、かつて釈迦が説法した同山の広場でダイバダッタの説法に耳をかたむけた。

ダイバダッタは足繁く宮殿に顔をだしていた。ビンビサーラは、ジーヴァカといれかわるようにあらわれた釈尊の甥っ子と善見の交誼を心から喜んだ。自分がそうであったように、善見もダイバダッタ師によって仏道に目が見ひらかれることだろう。

ここ数年、善見はビンビサーラにハッキリと自分の意志を主張するようになった。二年ほどまえも、一国を統治させてほしいと強硬にいってきた。

「まだはやい」

とビンビサーラはたしなめたが、イダイケは母親としてそのことが不満で、「王のあなたが太子の自立をこばんでいる」となじったため、支配下のチャンパー国をまかせた。父親の目にはまだまだたよりなかったが、見方をかえれば、善見の不満は太子としての自覚のあらわれともいえるだろうともおもうのだった。

孫のウダーウィンは十歳になった。イダイケは孫の相手をしてすごす安穏な日々に、最近はすこし太ってきたようだ。行者は断末魔のなかで復讐の言葉を吐いたが、善見は結局、行者の生まれかわりではなかったということになる。ウダーウィンは善見が幼いときにそうしたように、木製の象の背にのろうとして何度もすべり落ちている。それを見ながら、眠れぬ夜をすごした自分をふりかえり、ビンビサーラはおもわず笑みがこぼれるのだった。

「王様――」

ダイバダッタが顔をだした。「本日はこれにて失礼もうしあげます」

「ご苦労だった。釈尊によしなにつたえてくれ」

「承知しました」

ダイバダッタが辞し、出口にむかって廊下を歩いていると、前方から白い髭を顎までのばした初老の男がやってきた。会釈してすれちがい、二、三歩行ってから、「マハトマ殿、でしたかな」ふりかえって呼びとめた。

「これは釈尊の甥っ子殿のダイバダッタ師でござったかな。なにか」

「アジャータシャトル――未生怨の由来について教えてくださらんか」

マハトマの顔色がかわった。

なぜ使用人たちが善見太子のことを陰で「アジャセ」と呼んでいるのか、前々から気にはなっていた。使用人をつかまえてききだすと、「アジャータシャトル――未生怨」という意味だと明かしたが、昔からそう呼ばれているというだけで、由来についてはわからなかった。

占師マハトマならしっているのではないかということは使用人からきいてはいたが、たぶん乱暴者の善見のことだから、恨みをこめてそう呼んだ者がいるのだろう。わざわざたしかめるほどのこともあるまい。そうおもって放っておいたのだが、マハトマとすれちがって、ひょいとそのことをおもいだし、深く考えもせず口にしたのだった。

ところがマハトマが狼狽した。なにかある——ダイバダッタは直感した。「少々話ができますかな」

「もうしわけないが、ちょっといそいでおって……」

「それは残念ですな。マハトマ殿にはそろそろ宮廷占師を引退してもらったらどうかと、大王と太子から相談を受けておるのですが、さてなんと返事をしたものやら……」

マハトマがおちつきなく周囲をうかがう。「奥に、わたくしの部屋がございます」固い表情でつげた。

それから二カ月後のことだった。この日もダイバダッタが宮殿に善見をたずねると、「王の間」からビンビサーラと善見がいい争う声が廊下まできこえてきた。

——国王はご自分の理想のために国民にひもじいおもいをさせるのですか！

——ひもじいおもいなどさせてはおらん！　マガダ国は十二分に栄えておるではないか。戦火を交えることこそ国民の不幸だ。

——父上とは話にならない！

ドアが乱暴にひらき、善見が足音をたてて部屋からとびだしてきた。ダイバダッタが小走りにあとにしたがい、善見の部屋にはいった。善見は椅子に身体を投げだすと、「まったく父上はどうかしている」吐き捨てるようにいった。「なにが平和共存だ。釈尊のおっしゃることは立派だが、所詮、理想論にすぎない。わが国民のために領土を拡大することこそ国王たる者の責務ではないか」

憤懣をきいているうちに、ことの発端はチャンパー国の統治であることがダイバダッタにもわかってきた。善見が重い税をかけ、耐えかねた国民が代表をたててビンビサーラに直訴。ビンビサーラは善見を厳しく叱責し、「兵戈無用」を説いた——そういうことのようだった。

だが、若くて血気盛んな善見にはつうじない。「戦争に備えるために必要な税金です」ひらき直り、持論である富国強兵を主張し、国民は仁政でなく法と権力で統治すべきだと異をとなえたのだった。

「ダイバ殿はどうおもわれるか」善見が意見をもとめてきた。いまがチャンス——ダイバダッタは腹のなかでつぶやいた。

「つかぬことをおうかがいしますが」軽く咳払いして、「宮殿の使用人たちが太子殿のことを陰でアジャセと呼んでおることをごぞんじですかな」

「アジャセ？　しらんな。それがどうかしたのか」

怪訝な顔をしたが、ダイバダッタはそれには答えず、「アジャセとはアジャータシャトルの略でして、未生怨——生まれるまえから怨念をいだく者、という意味でございます」

「わたしをそう呼んでいるというのか」

「左様でございます」

「よくわからんな。どういうことだ」

「わたしがききおよぶところでは……。いや、わたしの口からはとても……」

「かまわない、いってみよ」

「ご命令とあれば」

ダイバダッタがためらいがちに一連の経緯を説明した。善見がのけぞるようにして笑った。

「父上が行者を？　母上がわたしを五階の眺望の間から産みおとしたと？　それでこんな小指になったのだと？」もう一度、大笑いして「むずかしい顔して、よくそんな冗談がいえるな」

「いやまったくですな」ダイバダッタも笑って、「うかつにもバカ気たウワサ話に耳を貸してしまい、お恥ずかしいかぎりでございます。どうぞ、お忘れいただければ幸いでございます」

信じさせようとして言葉を重ねるのは逆効果になる。「まさか」というおもいは、相手が多言すればするほど増幅し、「なぜ、そうまでして信じさせようとするのか」と不信感がつのっていく。だからこういうときは逆にあっさり引いてみせるのだ。引くことによって、「ひょっとして」というおもいが尾を引く。ひとたび尾を引けば、「まさか」と「ひょっとして」がせめぎ合い、疑念が生じ、疑念は勝手に大きく育っていくという人間心理をダイバダッタは熟知していた。

あえて占師のマハトマの名前をださないことで、太子はウワサの真偽についてあれこれ想像をめぐらせ、仮説をたて、自問し、答えが見つからないことで疑念は大きくふくらんでいくのだ。

その夜、善見は寝つけなかった。妻をおこさぬようそっとベッドからおりると、テラスの椅子に座った。月明かりに左手の小指をかざす。

(ダイバ殿ともあろうものが、つまらぬウワサ話をききこんでくるものだ)

とおもった。

だが気になるのは、誰がなんのためにそんなくだらないことをいっているのかということだった。

考えてみると、なぜ小指を折ったのかということについて、自分は両親からなにもきかされていないことに気づく。子供の時分から何度となく小指について問いかけたが、いつもはぐらかされたような気がする。父上はともかく、おしゃべりの母上であればこと細かに話すだろうに、そういうことは一度もない。いつ、どこで、なにをしていて自分は小指を折ってしまったのか、いまもってしらないのだ。

翌朝、善見は食事のあとでイダイケの部屋に顔をだした。イダイケは銅鏡をのぞきこんで耳飾りをつけている。

「母上――」善見が明るい声でいった。「じつは、わたしの小指がどうして折れたかわかったんです」

「小さいころ、ころんだといったでしょう」

「はい。五階の眺望の間から産みおとされたんです」

イダイケの手から耳飾りが床にころがった。

顔が蒼白になっている。

「まさか」

つぶやいたのは善見だった。

イダイケがたちあがるや、火がついたように口をひらく。

「きいて、ね、善見、きいて。ちがうのよ、わたしは反対したのよ、わたしはイヤだといったのよ。本当よ、ウソじゃないわ。だけど父上がどうしてもそうしろって。産みおとせ、運命を天にあずけろって。わたし、それはできないっていったんだけど……。善見、わかるでしょう？　わかってくれるでしょう？　お願い、善見、わたしの善見……」

とりすがろうとしたイダイケの両腕を善見が力まかせに払った。

「キャッ！」

身体が床にとんだ。

「善見！　善見！　わかってちょうだい！」

「まさか……、まさか、そんなことが……」

泣き叫ぶイダイケを、善見が呆然と見おろしていた。

親の愛情と親のエゴ

カルチャー教室／講師の解説と聴講生たち

――善見！　わかってちょうだい！

この言葉に加世子の顔が火照った。

卓也の顔がよぎる。修道が朗読テキストをおいて口を動かしているが、言葉は耳にはいってはこなかった。先々週、不意に問いかけられて以後、父親のことが話題にでることはなかった。卓也は意識して避けているのだろう。それだけにずっと尾を引いていた。

「羽田さん、どうかしましたか」

呼ばれてわれにかえった。修道が顔をのぞきこむように見ている。

「いえ、別に」

「イダイケの、つまり母親としてのこのときの気持ちを羽田さんはどう考えますかな」

「そうですね」

ひと呼吸おいて、「本心だろうとおもいます。実際、そのとおりですから」

「だけどよ」山城がすぐに異をとなえた。「たしかにイダは善見を腹にかかえるうちに〝いとしいわが子〟になっちまったわけで、それはそのとおりだろうが、そもそもビンの尻《けっ》掻いたのはイダじゃねぇか。世継ぎがどうとか、修行者に勝手なことといわせていいのかとか突っこみいれてよ。女ってぇのはいつも〝わたしは悪くない〟で悲劇のヒロインになりたがるんじゃねぇのか」

加世子は耳の先まで熱くなった。なにかいおうとしたが言葉がでてこなかった。

「先生、イダイケより善見でしょう」又吉青年が口をとがらせていった。「気の毒なのは善見で、親のエゴの犠牲者じゃないですか」

「同感ですね」及川がいう。「ここで話し合うべきは善見のことについてであって、秋葉先生がイダイケの心情に話をふるから妙な方向に行く」

「まったくですな」修道が禿頭をピシャリと叩いて、「わたしは坊主のくせして、つい女性のことを話したくなる。不徳のいたすところですな。今夜の講義はここまでということにしましょう」

笑いで締めくくった。

（第三回講義・了）

第四回講義

投獄された父王

カルチャー教室／講師の解説と聴講生たち

加世子が教室に顔を見せた。

「おっ、きたか」壁の時計をちらりと見やって、山城が笑った。

「くるにきまってるでしょう。ヒロインが欠席するわけにいかないじゃないの」加世子の威勢のいい切りかえしに山城が肩をすくめ、周囲に華やいだ笑いがおこった。

前回の講義で加世子を揶揄《やゆ》したため、ひょっとして休むかもしれないと山城が気をもんでいたことを及川はわかっている。独善的に見えて、意外に気づかいしていることに好感をもった。

修道があらわれる。クリスマスもおわり、今夜が年内最後の講座となる。受講生たちの笑顔を見ながら、気分もうきたってくるのだろうと修道はおもった。

昨夜、年末年始はどうするのかというショートメールが嫁からきた。帰ってきてほしいのか、おざなりの声かけなのか短い文面からは判然としない。悪い嫁ではないが、舅《しゅうと》が歓迎されるとおもうほうがどうかしているだろう。寺の元旦会も過疎によってかつてのにぎわいはなく、ここ数年はひっそりとしたもので、わざわざ手伝いに帰るほどのこともない。家族水入らずの自坊に顔をだすのは野暮というものだ。「残念だけど元旦会で法話をたのまれている」――そう返信した。正月だからといって誰もが心をうきたたせるとはかぎらないのだ。

「それでは、さっそく講義にはいりますかな」

冗談をいう気にもなれず、朗読テキストをひらいた。それに物語はこれから修羅場の展開になっていく。笑いをとって朗読するのはそぐわないだろう。

物語

イダイケの泣き叫ぶ声をふりきり、自室に走った善見は椅子に腰をおとして頭をかかえる。なにかのまちがいだ、そうおもった。母上もなにか勘違いをなさって、あんな態度をおとりになったのだ。そうにちがいない。このごろお疲れの様子だ。勘違い――そうにきまっている。

だが、と顔をあげる。

イダイケの声が耳朶によみがえる。

――きいて、ね、善見、きいて。ちがうのよ、わたしは反対したのよ、わたしはイヤだといったのよ。本当よ、ウソじゃないわ。だけど父上がどうしてもそうしろって。産みおとせ、運命を天にあずけろって……。

「ウォーッ！」うなり声をあげてたちあがるや、腰の剣を抜いてテーブルの燭台をなぎ払い、果物を盛った籠にふりおろした。燭台が床を跳ね、果物が散乱する。

「太子、どうかなさいましたか」いつはいってきたのか、ダイバダッタが笑みをうかべてたっていた。

「まさか、わたしの両親が……」善見があえぐようにいった。

「はて、なんのことですかな」

「この指だ」左の小指をダイバダッタに突きだした。

「ああ、あの話でございますか。つまらないことをもうしあげたと深く反省をいたしております」

「母上が……」

「妃がなにか」

「自分は反対した、嫌だといった、それなのに父上が無理やり……。そうおっしゃって泣き叫んだ」

「なにかのまちがいとぞんじますが……」善見の顔を盗み見るようにして、「気になるのでしたら直接、国王におたずねになればよろしいかと。根も葉もないことであれば、国王とて笑い話でござりましょう」

「しかし……。信じられない」

「信じられない、ではなくて、信じたくない——そうではございませんか」

ダイバダッタの口調がかわった。「なにかのまちがいだろうとおもいたい気持ちはわかりますが、太子、あなたは現実をしることを恐れておいでになる」

「恐れてなどいない！」

「なれば、なにゆえ剣をふりまわして怒っておいでなのです。国王にたしかめてみたいが、恐くてできない。そんな自分にいらだっておいでだからこそ……」

「怖くなんかない！　いらだってなどいない！」抜き身の剣を手にもったまま、憤然として部屋をとびだした。ドアの外で待機する親衛隊があわててあとを追った。

乱れた足音と武器がすれあう金属音を耳にして、

「きたか」

ビンビサーラが「王の間」でつぶやいた。

ことのいきさつはいましがたイダイケが走ってつたえにきた。いつか善見の耳にはいるのではないかと恐れてきた。平穏のまま王位継承を果たし、その後、世を去ることができればと念じつづけてきたが、その一方で、自分の都合どおりにはいかないだろうという危惧はもちろんあった。善見がしった以上、避けてはとおれない。ふたりで話し合えばきっとわかってくれる。

ドアが勢いよくひらいた。

善見が剣を握りしめている。

「なんのまねだ！」ビンビサーラがおもわず激昂した。

善見の胸のうちでなにかが弾けた。「自分にきいてみたらどうだ！」

「誰にむかって口をきいているのかわかっているのか」

「うるさい！　こやつを牢獄に引ったてろ！」

「し、しかし、太子様……」親衛隊長が当惑する。

「たったいま、このわたしが新しい国王になったのだ！」

「はっ！」最敬礼するや「引ったてろ！」と命じた。

「なにをする！」ビンビサーラは抵抗したが、たちまち屈強な親衛隊に組み伏せられた。「善見！　善見！」叫ぶ口に猿ぐつわを嚙まされ、引きずりだされていった。

ダイバダッタが部屋にはいってきた。蒼白な顔の善見に語りかける。

「気に病むことは無用かとぞんじます。あなたは正しいことをなさった。ビンビサーラは釈尊と手を結び、マガダ国を私物化しようとしていたのです。だから――」

語気を強めて、

「まちがいなく死んでいたあなたが、なにゆえ指一本を折っただけで生きのびたのか。奇跡ではござらん。天によって大きな役割を担わされてこの世にお生まれになったのです。マガダ国をさらなる大国とし、やがて全インドを統一する。それがあなたの使命であり、曲がったままのびざるその指こそ、天命の証かとぞんじます」

そのとおりだ、と善見はおもった。妻に無理やり命じて五階の高みから産みおとさせる父親など、鬼畜にも劣るではないか。ダイバ殿のいうとおり、わたしは使命を与えられてこの世に生まれてきたのだ。

善見は曲がった小指をゆっくりと左目の高さにあげ、じっと見つめた。「これが天命の証なのか。未生怨……アジャータシャトル……」つぶやいてから、

「わたしは、いまからアジャセと名乗る、アジャセ王だ！」

凛と響く声で宣言した。


コーカーリカは、霊鷲山の石窟でダイバダッタからビンビサーラ投獄の話をきくと、

「殺せばよかったのに」

表情もかえずにいった。

「おまえは虫も殺さぬような坊主顔をしておって残酷なことをいうではないか。アジャセにしてみれば、自分が直接手にかけるのには抵抗があるのだろう。餓死となれば心の痛みもすくない」

「断食で二カ月生きた比丘もいますが、贅沢な生活をしてきた国王であれば三週間、もって一カ月といったところでしょうか」

「ビンビサーラの外護がなくなれば釈尊も困るじゃろう。そうなれば」

「しりぞいていただき、ダイバ様の教団になる」

「アジャセがビンビサーラにとってかわり、わしが釈尊にとってかわる。釈尊が説くとおり、これを無常というのじゃろう」

ふたりの笑い声が狭い石窟に響いた。


アバヤは寝耳に水だった。出生の秘密をしったにちがいない。すぐさま宮殿に走った。

「太子――」息せき切って「王の間」にはいるなりいった。

「王と呼べ」王の椅子に座ったアジャセはアバヤに冷ややかな視線をむけて、「呼び名はアジャセ――。アジャセ王だ」

「承知しました」

「おまえも真相をしっていたのか」折れ曲がった小指を突きだしていった。

「も、もうしわけございません」

「まあ、いい。おまえがどうこうしたわけではない。マガダ国の生き字引ゆえ、使い道もあるだろう。とりあえず生かしておいてやる。わかったらさがれ」

ビンビサーラをどうするのか、イダイケをどうするのか、アバヤは気になることがいくつもあったが、とてもきける状況ではなかった。その足でイダイケの居室にいそいだ。アバヤの顔を見るなりイダイケが叫んだ。

「わたしはどうなるの！」

夫の心配より先に自分のことを口にした。

「太子は母上のことは愛しておいでございますから……」アバヤが困惑しながら言葉を濁すと、

「そうよ、そうだわよね」

イダイケは自分にいいきかせるようにいった。

お腹を痛めたわが子――この厳然たる事実のまえに、それまでのことは一切なかったことになるというのか。母親としてのゆるぎない自信をアバヤは見るおもいだった。

宮殿を辞すとアバヤは竹林精舎に駆けつけ、ジーヴァカを庭につれだした。ビンビサーラが投獄されたことをつげてから、占師マハトマのご託宣から行者を殺めたこと、そして善見を産みおとすまでを話してきかせ、「兄は死んでしまう」と沈痛な顔でいった。

ジーヴァカは身体が震えた。王家にそんな悲劇があったとは……。善見の悲しみをおもった。これ以上、善見を不幸にさせてはいけない、罪をおこさせてはならない。

「わたくしが善見に話します」

「無理だ。会うこともかなうまい」

「釈尊にお願いしてみましょうか」

「そうしてくれるか」ジーヴァカの腕をとり、「世継ぎは天のさずかりものとおもうて自然にまかせておれば、こんなことにはならなかったのに……。太子はこの世に生まれたことが不幸のはじまりだった」

「この世に生まれること……」

束の間の沈黙があって、「きいていいですか」ジーヴァカが意をけっしたようにいった。アバヤは身体を固くした。いつか必ずこのときがくる。覚悟していたことだ。アバヤがうなずいて口を開いた。「おまえが生まれる数年まえのことだった。ヴェーサーリーにアンバパーリーという美女のダンサーがいて、町はとてもにぎわっておった」問わず語りに話しはじめた。

ヴェーサーリーはマガダ国の西北、ガンジス川のむこうに位置するヴァッジ国の商都である。この地を訪れたマガダ国の商人が帰国すると、ビンビサーラ王に王舎城にダンサーをおく遊興施設をつくってはどうかと進言する。交易の要衝として栄えている王舎城はますます発展するにちがいない。ビンビサーラはこれを受けいれ、アバヤに命じて、容姿はもちろん歌舞音曲に秀でた女性をさがさせたのである。

「こうしてわたしが見つけだしたのがサーラヴァティー、やがておまえの母親になる娘だ。これが大評判となり、サーラヴァティーをひと目見ようと各地から豪商が王舎城にやってくることになる。交易もますます盛んになってな。ビンビサーラもサーラヴァティーを可愛がり、わたしもお供してよく店に遊びに行ったものだ」

ジーヴァカが身じろぎもしないでアバヤの口元を見つめている。

「やがてサーラヴァティーが店にでなくなった。身体でもこわしたのかと気にはなったが、妊娠していて舞台にたつことができなくなっていたんだな」そして、路上でひろったいきさつを隠さず話した。

アバヤにひろわれなければ自分は死んでいただろう、とジーヴァカはおもった。死ぬとわかっていて、なぜ母はわが子を捨てたのだろうか。まるで善見を五階の楼閣から産みおとしたイダイケ妃とおなじではないか。父のことをしりたかったが、問うことができなかった。アバヤが父親にふれないのはそれなりに理由があってのことだろう。問えばアバヤを苦しめることになるような気がしたのだった。

「風の便りでは」つぶやくようにアバヤがいう。「サーラヴァティーはヴェーサーリーでダンサー相手の衣装をつくっているということだ。もっとはやく話すべきだったが、その機会がなかった。許してくれ」

頭をさげるアバヤの胸にジーヴァカがしがみついた。


竹林精舎にもどったジーヴァカは釈尊に報告した。善見の心中を察すると、ひとおもいにビンビサーラ王を殺すかもしれない。事態は一刻を争う。「助けてください」と訴えたが、釈尊は無言のまま目を閉じると瞑想にはいってしまった。

(なにを考えておられるのか)

釈迦の横顔をじっと見つめた。


アジャセは国内外に王位の継承と、あらたな名乗りを宣言した。善見が生まれたときから跡をつぐことはわかっていることだ。国民は祝し、各国の国王はすぐさま使者を派遣し、祝福に借りてこれまでどおり平和な関係を再確認しようとした。

だが、アジャセ王の態度はそっけなかった。これに国王たちが警戒感をつのらせた矢先、ビンビサーラの腹心であるアバヤ大臣が「前王は気の病に伏して人前にでられなくなった」と唐突に発表するにおよんで、クーデターであることを察知した。再び戦乱の時代になるのか。統治者たちはアジャセ王の動向に神経をとがらせた。

釈迦の沈黙

カルチャー教室／講師の解説と聴講生たち

「アジャセの気持ちが理解できる人は手をあげてみてくださらんか」

朗読テキストをおいて修道が問いかけた。ほとんどの手があがる。「では、ビンビサーラを牢獄へ閉じこめたことについてはいかがですかな」

ここは賛否両論に分かれるところだろう。「気持ち、わかります」又吉青年がいえば、「だけど餓死は残酷だな」良識派の及川が異をとなえ、山城が「俺ならその場で殺《や》っちまうぜ」と口の端を曲げていう。

「相手はじつの父親ですよ」

「父親だろうと爺さんだろうと、ケジメをとらなきゃしょうがねぇだろ」

「ケジメだなんて、どこの世界の話ですか」

賛否両論でにぎわうのを修道はニコニコしながら見ていたが、「ところで」と声を大きくして問いかけた。「アジャセはなぜ、イダイケを牢獄に閉じこめないのですかな。夫に命じられたとはいえ、五階から実際に産みおとしたのは母親ですぞ。なのに、おとがめどころか、これまでどおり孫の遊び相手をして仲よく暮らしておる。妙じゃないですか」

「そりゃ、先生、わかんだろ」山城が巻き舌でいう。「ガキってぇのはよ、てめぇが悪さして親父が泣くのはどうってことねぇもんだが、おふくろを泣かすのはちょっとな。抵抗がある。だろう？　青年」

「は、はい」いきなりふられた又吉青年があわてて、「そうですね。客観的に見て許せない行為であっても、母親はやむを得ず——たとえば父親や世間などに引きずられてそうしたのであって、本心は自分の味方であると男の子はおもいたいものじゃないですかね。だから、許すというより不問にしたい——そんなところじゃないですか」

「説得力がありますな」修道が感心して、「体験からのご意見ですかな」

「そういうわけじゃ……。個人的なことをきかないでください」

又吉が口をとがらせたので教室は笑いにつつまれたが、加世子だけは身体を固くしていた。許す、不問、母親はやむを得ず……。この言葉が頭のなかで渦を巻いていた。

「さて——」修道がホワイトボードに歩みよって、

「ビンビサーラを牢獄に閉じこめるまでの物語は中国浄土教の名僧である善導大師《ぜんどうだいし》が著した『仏説観無量寿経疏《ぶつせつかんむりょうじゅきょうしょ》』、それと『華厳経《けごんきょう》』に依ってわたしがまとめたもので、観経《かんぎょう》——すなわち『仏説観無量寿経』はここから記述がはじまります」

ホワイトボードに「仏説観無量寿経」と書きつけてから、

「法然さんの浄土宗、親鸞さんの浄土真宗では、この観経と『仏説無量寿経』『仏説阿弥陀経』を浄土三部経と呼んで根本経典としております。そういう意味で、『王舎城の悲劇』は教義として非常に重要な意味をもつのですが、興味のある方は今後の研究課題としていただくとして、観経はこういう書きだしではじまります」

といって漢字を書きつらねる。

如是我聞《にょぜがもん》。一時仏《いちじぶつ》、在王舎城《ざいおうしゃじょう》　耆闍崛山中《ぎしゃくっせんじゅう》、与大比丘衆《よだいびくしゅう》　千二百五十人倶《せんにひゃくごじゅうにんく》。菩薩三《ぼさつさん》万二千《まんにせん》。文殊師利法王子《もんじゅしりほうおうじ》　而為上首《にいじょうしゅ》。爾時王舎大城《にじおうしゃだいじょう》、有一太子《ういちたいし》、名阿闍世《なあじゃせ》。随順《ずいじゅん》　調達《だつ》　悪友之教《あくうしきょう》、収執父王《しゅうしゅうぶおう》　頻婆娑羅《びんばしゃら》、幽閉置於七重室内《ゆうへいちおしちじゅうしつない》。

「経典はみな『如是我聞』からはじまっております。〝われはかくのごとく釈尊からきいた〟という意味ですな。勘違いされている方が多いようですが、経典はお釈迦さんが書いたものではなくて、お釈迦さんの死後、弟子たちが集まって教えを書きしるしたものです。ですから経典はみな『如是我聞』になっておるわけですな。――山城さん、退屈ですかな」

「かまわねぇからつづけてくれよ。親父を殺《や》るの殺らねぇのもおもしれぇが、小むずかしい話をききてぇ人間もいるだろう。手短にたのむぜ」

「では、観経がどんなものなのか、手短に味わっていただきましょう」

笑って、漢文を読みくだす。

「かくのごとく、われききたてまつりき。ひと時《とき》、仏《ぶつ》（釈尊）、王舎城耆闍崛山《ぎしやくつせん》（霊鷲山）のうちにましまして、大比丘《だいびく》の衆《しゆう》、千二百五十人と倶《とも》なりき。菩薩三万二千ありき。文殊《もんじゆ》師利法王子《しりほうおうじ》を上首《じようしゆ》とせり。そのとき、王舎大城にひとりの太子あり、阿闍世《あじやせ》と名づく。調達《じようだつ》（提婆達多《だいばだつた》）悪友の教に随順じて、父の王頻婆娑羅《びんばしやら》を収執し、幽閉して七重の室内におき、もろもろの群臣を制して、ひとりも往くことを得ざらしむ」

ちらりと山城を見やって、

「意味は〝つぎのようにわたしはおきかせいただいた。あるとき、釈尊は王舎城の耆闍崛山においでになって、千二百五十人のすぐれた弟子たち、さらに文殊菩薩を中心とする三万二千の菩薩たちも加わっていた。そのとき王舎城にひとりの太子がいて、名を阿闍世という。ダイバダッタという悪友にそそのかされて王である父ビンビサーラを七重の牢獄に閉じこめてしまう〟となります。

七重の牢獄というのは、それほどに堅牢という意味ですが、じつはこの牢獄の跡が現在は発掘されておりましてな。荒れ野ですが、この地にたつと二千五百年まえにおこった事件がよみがえってきて……」

「先生よお」山城が口をひらいた。眉間にしわを刻んでいる。観経の講義にいらだったのかと修道はおもったが、そうではなかった。

「問題は釈迦だよな。ビンは金主で、これまでさんざん世話になっているんだろう？　アジャセにかけあうのがスジってもんじゃねぇか。シカトして気にいらねぇな」

「まさにおっしゃるとおりですな。しかし――」

「肩をもつのか」

「経典は活劇ではなく、法を説くための物語であることを忘れてはいかんのです。だからお釈迦さんがのりこんでビンビサーラを牢獄から助けだしたからといってメデタシ、メデタシにはならん。再びアジャセと骨肉の争いがはじまることになる。ビンビサーラも、アジャセも、イダイケも、それぞれが自分の身の上こそ理不尽だとおもい、憤り、憤りが苦悩となって自分を苦しめておる。この苦しみからいかにして解放されていくか――ここが物語のキモになるわけですな」

「だけど、納得しねぇな。俺ならやっぱり助けに走るぜ」

「山城さん」加世子が山城に顔をむけていった。「感想はもうすこし物語を読んでいただいてからにしましょうよ。なにがどうなっていくのか、わたしはしりたいわ」

そして修道にむきなおって、「先生、つづきをお願いします」といった。

物語

牢獄は竹林精舎の真反対、城壁の南門側に位置し、宮殿から一キロほど離れた場所にあった。周囲を深い濠で囲い、なかにはいるには跳ね橋をおろさなければならない。入り口には完全武装した兵隊たちが昼夜を問わず警備にあたっていた。一般の犯罪者は広場に引きだして首を刎ね、見せしめとしてきたが、政敵や反逆者の公開処刑はときとして彼らを英雄に祭りあげる危険があるため、堅牢な牢獄をつくり、ここに死ぬまで閉じこめることで姿を国民のまえから隠したのだった。

だがビンビサーラが釈迦に帰依して以後、残忍な公開処刑は禁止となり、政敵や反逆者がでてくることも絶えてなかった。牢獄が使用されるのは二十年ぶりとなる。吊り橋は朽ち、警備の兵隊たちは上げ下げに神経をつかった。獄舎には八畳ほどの牢屋が数室あるが、それぞれ小さい鉄格子の窓が高い場所にひとつあるだけで、昼間でも薄暗く、石の床は湿気でじめじめして、得体のしれない小さな虫が這っていた。

「だせ！　わたしは王だぞ！　いまだせば不問にしてやる！」

ビンビサーラが歯を剝きだしにして鉄枠の分厚い木製の扉を叩く。なんの反応もなかった。あのダイバだ。ダイバが善見をそそのかしたのだ。くそ、ここをでたら八つ裂きにしてくれよう。マハトマの占いが当たった。

（あのとき善見は殺しておくべきだったのだ）

忿怒《ふんぬ》の顔で唇を噛んだ。


「遊ぶのは食事をしてからになさい」

イダイケが孫のウダーウィンを叱るが、腕白盛りははやく外にでたくていうことをきかない。カップのミルクがこぼれてイダイケの手を濡らした。嫁のダーシャがあわてる。

「ごめんなさい、お義母さま！　だめでしょ、ウダーウィン！」

「いいんだよ。男の子はこのくらい元気でなくちゃ。善見の小さいころにそっくり」

イダイケが寂しく笑った。

夫が投獄されて三日がすぎている。このままでは餓死してしまう。投獄した日の夜、牢からだすようアジャセにいったし、その翌朝は「死んでから後悔してもおそいのよ」――情に訴えもした。そして昨日は「お願いだから」と懇願もしたが、アジャセの怒りようはすさまじかった。

「何度も何度も、どっちの味方なんだ！」

イダイケはビンビサーラの名は二度と口にしなかった。

「もうごちそうさま?」

「うん」

「じゃ、外で遊んでおいで」

ウダーウィンが嬉々として中庭に走っていき、護衛たちがあわててあとを追った。

「アジャセは本当にいい子だった」ダーシャに語りかける。「生まれるときはいろいろあったけど、あの子が憎くてそうしたわけじゃない」

「わかっていますわ、義母さま。アジャセ王もわかってくれるときがくるとおもいます」

「だけど……」

いいかけて言葉を呑んだ。アジャセがわかってくれたときは夫は死んでいるだろう。

中庭からウダーウィンの声がした。

「ダーシャ、呼んでるわよ」

「じゃ――」ダーシャが会釈して部屋から出ていった。

イダイケは昨夕、アバヤに会ったときのことをおもいかえした。アバヤは不似合いな大きな瓔珞《ようらく》(ネックレス)を首からさげていた。瓔珞をひねって蓋をとると、口にあてがい、ノドを鳴らしてからいった。

「昔、不心得者の行者がおりましてな。断食修行が苦しいというので、こうして瓔珞に蒲桃《ぶどう》の果汁を詰めておったとか」

「食べものは？」イダイケが息をつめるようにして問う。
「麨《しょう》を酥蜜《そみつ》で練り合わせて身体に塗ればもちこむことはできなくはないでしょうな。

「一食《じき》よく七日の命ともうしまして、一食たべれば七日間は生きていられる」謎かけのような言葉を残して帰っていった。

麨は煎った麦を挽いてつくった粉のことで、酥蜜は牛や羊の乳を精練して蜂蜜をくわえたものだった。イダイケはじっと一点を見つめていた。中庭からウダーウィンのはしゃぎ声がきこえてくる。駆けまわり、そのあとをダーシャが追いかけているのだろう。善見が子供のころ、夫もそうして遊ばせたものだ。

「アユーシ！」

腹心の侍女を呼んだ。

ダイバダッタは毎日、宮殿をおとずれてアジャセと会っていた。「アジャセ王のご名声は国内外に轟いております」と褒めたたえてから、
「釈尊は兵戈無用を説きますが、虫ケラから猛獣にいたるまで、生きとし生けるものすべて最後は力がけっするものでございます。これを天の道理ともうします。国民の繁栄と幸せのために力をもちいるならば、これにまさる善政はございますまい」
「ダイバ殿のいうとおりだ。父上は、いやビンビサーラは平和共存などというまやかしで

執政をあやまった。わたしは国民のために隣国に侵攻する」

「拙僧もアジャセ様にならい、仏道の健全なる発展のために釈尊にしりぞいていただく所存でございます。お力をお貸し願えれば幸いにぞんじます」

「さしあたってなにをすればよい」

「まず、多大なる布施をわたくしに所望いたします。ビンビサーラが消えたことで、これから教団は経済的にたいへんなことになります。食事にもこと欠くようになるでしょう」

「ダイバ殿が救世主になるというわけか」

「ご明察のとおりでございます。アジャセ様がインド全土を治め、このダイバダッタが仏道のすべてを治め、もって両輪とする」

「素晴らしい！　しかし、釈尊はおとなしくしりぞくであろうか」

「嫌だといえば力づくで」

「ダイバ殿の伯父上であるぞ」

「はて、お父上を投獄なさったのはどなたでございましたかな」

「これはまいった」

二人して声をたてて笑った。


午後遅くになって雨があがった。牢獄のむこうに連なる山々の空が夕焼けで赤く染まり、雨期の終わりをつげていた。大地に沁みた雨水が地熱によって蒸気となってたち昇り、むせかえるようだった。草むらの水溜まりを避けながら、サリーをまとったイダイケが侍女のアユーシに先導され、牢獄まえの濠にたった。

番兵たちが濠をはさんで身構える。濠の幅は七、八メートルほどだろうか。「誰だ！」薄暮に目を凝らすようにしてどなった。

「イダイケ妃がおいでになりました。橋をおろしてください」アユーシが声を大きくしてつげた。

「何人たりともとおすなというご命令だ」

「そなたは誰だ！　名を名乗りなさい！」イダイケが凜とした声でいった。

番兵が狼狽する。イダイケの気の強さはつとにしられている。一介の兵士がアジャセとイダイケの関係がいまどうなっているかなど、わかるわけもない。

「橋をおろしなさい！」イダイケの一喝が番兵の逡巡を断ち切った。

「ただいま！」

軋み音をたててゆっくりと跳ね橋がおろされ、重い扉が内側にひらく。暗い石畳の廊下を手さぐりするように番兵が先導し、角を曲がった牢屋のまえで足をとめた。

「番兵、このことは他言無用。おまえのために。――席をはずしなさい」

イダイケはアユーシをともなって牢屋にはいった。暗い部屋の隅で膝をかかえていたビンビサーラがゆっくりと顔をあげる。ぼさぼさの頭髪、そして威厳のあった濃い長い顎髭は廃人のそれのように見えた。

「殺すなら……、さっと殺せ」うつろな視線を投げかけ、あえぐようにいった。

「わたしよ、イダイケよ」

「イダイケ?」

「そう、イダイケよ」

「おまえ、投獄されたのか」たちあがろうとしてよろけた。

「危ない!」イダイケが駆けよって支える。「時間がないわ。アユーシ——」侍女に背をむけた。瓔珞をはずさせ、いそいで蓋をひねると「さっ、飲んで。蒲桃《ぶどう》の果汁よ」ビンビサーラの手に押しつけ、すぐさまサリーを脱いで裸になった。手でこそげるようにして全身に塗りこめた麨を与える。飢えたビンビサーラは貪《むさぼ》るように食べた。

扉のむこうで足音がした。イダイケとアユーシの目があう。アユーシが意をけっしたように外にでる。

——もうちょっと待って。お妃はこれからサリーを着るところだから。わかるでしょう?

媚びるようなアユーシの声が牢のなかにきこえてくる。

——しょうがねぇな。わかった。

下卑た笑い声がした。

イダイケが素早くサリーを身につける。

「またくるわ」

「やめろ、危険だ」

「大丈夫。とにかく生き延びることよ。じゃ——」

イダイケはこうして毎夕、牢獄をおとずれた。アユーシが見張りとして扉の外にたつが、番兵は夫婦の邪魔をしないためにそうしているとおもっているのだろう。ニヤリとし、アユーシが肩をすくめるのが毎度のことになっていた。

それにしても、と番兵が首をかしげるのは、ビンビサーラの体調だった。一日に何度か扉の覗き穴から確認するのだが、やせ衰えるどころか、むしろ元気になっていくように見える。ひょっとして前国王には魔力があるのではないか——と番兵たちが畏《おそ》れをいだくほどだった。

毎朝、鉄格子の小さな窓から薄日がさしこんでくる。窓は東側に位置していることにビンビサーラは気がついた。窓は背丈の三倍ほどの高さにあるため外をうかがうことはできないが、遠くに尾根の一部が見える。

（あれは霊鷲山ではないか）

ビンビサーラはお聴聞にかよった当時を懐かしく想いうかべながら、

「釈尊――」

窓をあおぎ見てつぶやく。「すべてお見通しのこととぞんじます。わたくしは地獄の苦しみを味わっております。叶うことなら、いま一度お聴聞をいたし、この地獄から逃れたくぞんじます。叶うことなら……」

顔を両手で覆い、肩を震わせた。

このとき釈迦は高弟たちをともない、霊鷲山の山頂広場で坐禅を組んでいた。釈迦が静かに目をあけて、目連と富楼那につげる。「ビンビサーラ殿が会いたがっておられる。ただちに出向いて法を説くがよい」

目連は後世、神通力第一、富楼那は説法第一と評され、ともに釈迦の十大弟子として「尊者」と呼ばれる。ふたりはすぐさま下山し、牢獄にむかった。

アジャセが激怒した真因

カルチャー教室／講師の解説と聴講生たち

「王舎城の悲劇」は経典にはめずらしくドラマチックな読みものになっているが、物語をわが身に引きよせて考えてもらわなければ意味がない——修道はそうおもっている。そこでまず、アジャセだ。さっき問いかけたとき、受講生たちの多くはアジャセの怒りは理解できるとした。

修道が問題提起する。

「ここでわたしたちが考えるべきは、なぜアジャセはそこまで怒ったのか、ということですな。父親を餓死させようなど尋常ではない。ここに、わたしたち人間がかかえる本質的な問題がある」

「先生よ、小むずかしい言い方しなくたって理由はわかりきってるじゃねぇか」山城がなにをいまさらといった顔をした。

「自分を殺そうとした——なるほど怒りますな。しかし十代の子供ならともかく、アジャセは家庭をなした立派な大人ですぞ。父親がそうせざるを得なくなるまで追いつめられた気持ちは、冷静になれば理解できるのではないですかな」

「じゃ、なんでアジャセはそこまで怒ったんだ」

「だから、なぜアジャセはそこまで怒ったのか、と問うておるのです」

教室を見まわしたが発言はなかった。

修道がつづける。

「出生の秘密をしらなかったのは当のアジャセだけですな。自分はみんなに可愛がられて育ち、次の国王として尊敬されているとおもうてきた。ところが陰ではアジャータシャトル——未生怨と呼んで嘲笑しておった。そのことをダイバダッタは傷口に塩をすりこむようにしてアジャセに教える。アジャセ自身は気づいておらんのですが、衝撃と怒りは、父親が自分を殺そうとしたことよりも、これまで信じてきた、あるいは拠りどころとしてきた自分のおもいがこっぱみじんにうち砕かれたことにある。人望があるとおもうておったところが、陰で悪口をいわれ、冷笑されていた——そうしったときの自分を想像すれば、アジャセの絶望的なショックがおわかりになるんじゃないですかな」

言葉を切り、受講生たちの理解が深まるのをまってから、

「隠しごとをされていたとしって怒るのは、隠しごとをされていたことではなく、隠しごとなどされていないと信じていたおもいが裏切られることにある。人間が疎外感に苦しむのは、疎外そのものではなく、じつは自分はそうと気がつかないまま疎外されていたのだ

ということをおもいしらされるときですな。自分の存在意義が根底から壊れてしまうのですから、これは誰かのせい、あるいはなにかのせいにしなければ精神が壊れてしまう」

加世子の心臓が早鐘をうち、及川の顔に朱がさした。

「あのう、先生」加世子が遠慮がちに質問する。「たとえば、たとえばの話ですけど、隠しごとをしていて、それがなにかの拍子に発覚することがありますよね。そのとき、隠しごとをしていた側はどう対処すればいいんですか」

「隠してきたという非を謝罪し、言いわけでなく、そうせざるを得なかったことを誠意をもって懺悔《ざんげ》する。ききいれてもらえないなら殺されてもいい、死んでもいい、どうなってもいい――その覚悟をもって懺悔する。むろん相手は烈火のごとく怒るでしょうな。だけど、誠意がつたわればいずれ理解してくれる」

加世子がうなずいた。

「さて――」

修道が笑顔にもどると、「物語を進めますかな。目連と富楼那が牢獄を訪れる場面からです」といって朗読テキストに手をのばした。

二人の比丘がやってくると、濠の向かい側にたちどまり、「ビンビサーラ殿に説法をしにまいった。橋をおろしなさい」と命じた。

番兵たちは一瞬、躊躇したが、釈尊の高弟として国内外にその名がきこえる目連と富楼那の顔はもちろんしっている。すぐに跳ね橋をおろした。

バラモン（司祭）はカースト制度の最上位にあり、王や貴族などクシャトリアはその下位にある。釈迦は人間はすべて平等であるとしてカースト制度を否定するが、王や貴族でさえバラモンを尊崇するのだ。目連と富楼那に命じられて番兵たちが素直にしたがうのは当然だったろう。

驚いたのはビンビサーラだ。

「おふたりもおそろいで……」正座して合掌する。

「お苦しいことでしょう。釈尊が心を痛めておいでです」目連が片膝をついていった。

「もったいないお言葉」ビンビサーラが声を詰まらせてから、憤懣が一気に口をついてでる。「ご尊師、わたくしはなぜこのような目にあわなければならないのでございましょう。

あれほど可愛がって育ててきたのに、あの子は狂っているのです。そうとしか考えられません」

「なぜ、このような目にあうのか、本当におわかりになりませぬか」目連がおだやかな口調でいう。「お世継ぎほしさに修行者を殺めたのはどなたですか。五階の高みから、わが子を産みおとすようにお妃に命じられたのはどなたですか」

「そ、それはたしかに……。わたしはどうかしていたのです。恐怖から正常な判断ができなくなっていたのです。おわかりになるでしょう？」

「ビンビサーラ王殿」今度は富楼那が語りかける。「播《ま》かぬ種は生えませぬ。この苦しみはあなた自身がつくったものではないのですか。善因善果《ぜんいんぜんか》、悪因悪果《あくいんあっか》、自因自果《じいんじか》――。釈尊はくりかえしお説きくださったではありませんか。誰が悪いのでもない。善も悪も身におこるすべてのことは、わたしたち自身の行為の結果にすぎないのです」

「わかっております」ビンビサーラが顔をあげていう。「悪因悪果――それは当然です。でも、あの子のやり方はあんまりです。もちろんわたしにも悪いところはあります。それは認めます。だからといって、ここまでやることはない。そうでしょう？」

富楼那が首をゆっくり横にふっていった。

「ビンビサーラ殿、果は因によって生じるのです。あなたはご自分にも悪いところがあるとおっしゃりながら果を受けいれようとなさらない。苦は、受けいれたくないという身勝手なおもいに生じるのではないですか」

ビンビサーラがわれにかえったように目を見ひらく。

「受けいれられない自分……、受けいれられない自分……。受けいれられない自分……」

三度つぶやいてから、

「おお、なんてことだ！」

両手で顔を覆って叫んだ。「これまで何度も何度もお聴聞しておきながら、わたしはいったいなにをきいていたのか」


二人の尊者が帰ったあとの夕刻、いつものようにイダイケがアユーシをともなって牢獄へやってきた。アユーシを扉の外へ残し、イダイケが獄室にはいる。

「どうしたの？」ビンビサーラのおだやかな顔を見て、サリーを脱ぐ手がとまる。

「今日の昼間、目連尊者と富楼那尊者がここにきてくださってな。善因善果、悪因悪果、自因自果の道理をお説きくださった。まことそのとおりだ。何度も釈尊からおききしているのに、わがことになると忘れておる。恥ずかしいかぎりだ」

「あなた、なにがいいたいの？」イダイケが眉間にしわをよせた。

「獄死して本望。悪いのは善見じゃない、このわしなんだ」ビンビサーラが説得するようにいう。「播いた種は自分の手で刈りとらねばならん。牢獄につながれてみてはじめてこのことがわかった。苦は牢獄につながれたことによって生じるのではない。因縁因果を受けいれられない我執によって生じるのだ」

「どうしたの、弱気になって」イダイケがビンビサーラの肩をゆする。「気をしっかりもって。いまにここをでられるから」

「わしのことはいい。イダイケ、そなたの身が心配だ。もうここへはこないでくれ。因縁因果であるなら、いつ死んでも悔いはない」

釈尊の弟子たちはとんでもないことを吹きこんだ。いらだちながら、イダイケは乱暴にサリーを脱ぎ捨てた。

無限に連鎖する「因」と「果」

カルチャー教室／講師の解説と聴講生たち

「物語を進めるまえに、このことはぜひ押さえておいていただきたいのですが」

修道がホワイトボードに「因縁生起」と書きつけて、

「因が果を生じ、果が因となってさらなる果を生じる。無限の連鎖ですな。頭では誰でもわかっておる。わかっておるが、腹の底ではわかっておらん。ビンビサーラとおなじことをいう。〝そりゃ、わたしも悪い。だけど、そこまですることはないじゃないか〟――。ちがいますかな」

「あってるぜ」山城がかけ声をかけるようにいうと、及川がうなずいて「自分がこうなったのは社会のせいだ、世間のせいだ、というやつですね」

「親のせい、が抜けています」又吉がつけくわえ、加世子が「運が悪い、というのもそうね」

「ですな」

修道がひきとって、「ビンビサーラはこのことがよくわかっているはずなのに、実際はわかってはおらなんだ。人間は最後の最後、土壇場になって気づくということですな。絶望の淵に身をおいてはじめて本気で法をもとめる。人間、いつか死ぬものと頭ではわかっていても、結局は人ごと。ガンなどにかかって余命宣告されてはじめて気がつく。愚かですな。ビンビサーラとふたりの尊師の場面は、わたしたちにこのことを教えておる。山城さん――」

「なんでぇ」

「なぜ釈迦はビンビサーラを助けだしてやらないのか、という質問はなしですぞ。助けだしました、メデタシ、メデタシでは仏法の教えにはならん」

「わかってるよ。活劇じゃねぇてんだろ」

「盗人にも五分の魂――なんていうと乱暴になりますが、悪いのはあいつ、あのときこうしていれば、こうであれば、こうであったならと。わたしたちは《果》にばかり目がいって《因》がすっぽりと抜けおちている。すべては1＋1＝2であるにもかかわらず、これが納得できない。苦しむはずですな」

「あのう、先生」加世子が表情を固くしてたずねる。「ビンビサーラは納得しましたが、イダイケはこの道理が受けいれられないでいるのですね？」

「そういうことですな。だから、これから苦しむことになる」腕時計に目をやって、「今年最後の講義ですから、もうすこし先に進めておきますかな」といって朗読テキストを手にとると、声の調子を整えるように咳払いをして語りはじめた。

物語

ビンビサーラを投獄して一カ月がすぎた。

「ダイバ殿、釈尊は教団をゆずることに同意しましたかな」

アジャセが「王の間」で問いかけた。午後のはやい時間であったが、アジャセは純金のカップでスラー酒（穀物を原料とする古代インド酒）を飲《や》っている。

「頑固なものです。わたくしとしましては、釈尊のお立場も考えまして、力づくでなく、勇退という形にしてさしあげたく心を砕いておるところでございます」

「そこがダイバ殿のやさしさだ」

「身にあまるお言葉でございます」ダイバダッタはさすがに酒には手をつけず、果汁をいれたカップを手に恐縮してみせたが、ハラワタは煮えくりかえっていた。

今朝のことだった。瞑想が終わるころをみはからい、ダイバダッタはコーカーリカをと

もなって本堂にはいった。高弟の舎利弗、目連、富楼那、ダイバダッタの弟でおなじ高弟の阿難、そしてジーヴァカが同座していた。ダイバダッタは釈尊のまえにあぐらをかいて座ると、

「単刀直入にもうしあげます。身を引かれ、教団をおまかせ願いたい。わたくしを師と仰ぐ比丘たちが国内外に五百人をこえ、燎原《りようげん》の火の勢いにございます。仏教の発展のために、ここはご決断いただきたい」

「兄者《あにじや》、なんてことを！」阿難が叫んだ。

「おまえは黙っておれ」険しい顔でいって、釈迦にむきなおった。「昇った陽はやがて西に沈んでゆく。これが自然の理《ことわり》でござらんか。釈尊ご自身も無常を説いておられるではないか。教団とておなじこと。比丘たちをごらんなさい。ビンビサーラ前王の外護がなくなって、みな困っておるではござらんか」

「ダイバ――」釈迦が口をひらいた。「比丘は糞掃衣《ふんぞうえ》をまとい、托鉢によって食べものを乞い、風雨にさらされる地上に肘を屈して横たわり、もって無上の歓びとする。そなたはアジャセ新王の外護を受けて修行浅き比丘に馳走をふるまい、村落に誘いて怠惰に興じているやにきく。『ダイバの五法』を提唱してたぶらかし、みずからそれを破り、教団を攪乱する。許されざる行為である」

コーカーリカが口をはさむ。「重ねてもうしあげますが、多くの比丘がダイバ殿を師と

あおいでおります」

「ですから釈尊、あなたの時代はおわったと……」

「愚か者！　おのれの所業をしかとふりかえるがよい」釈迦に一喝され、ダイバダッタは席を蹴ったのだった。

「ときに王様、ビンビサーラはどうなりましたかな」ダイバダッタが話題をかえた。

「くたばっておる」

「では、壮大な葬儀をおこなってはいかがでしょう。アジャセ王の力を国内外に見せつける絶好の機会かとぞんじます」

「それは名案だ。よし、牢へ行ってみよう。骨と皮になってころがっておるわ」

高笑いすると、カップをおいて護衛隊長を呼びつけた。


国王がみずから獄舎にでむいてきたので牢番たちは驚き、あわてて跳ね橋をおろした。

「くたばっておるか」アジャセが問う。

「それが……」牢番たちが顔を見合わせて、「お元気でいらっしゃいます」

「バカな。一カ月だぞ。生きながらえていたとしても虫の息。元気なわけがあるまい。なあ、ダイバ殿」

「まさしく」

「おまえたち、いいかげんなことをいうと死刑だぞ！」

「お、お妃様が！」牢番たちが悲鳴のような声をあげた。

「母上が？　母上がどうしたというんだ」

「食べものと飲みものをおもちになって……」

「なんだと！　許したのか」

「ち、ちがいます、身体に、身体に……」

番兵が訴えるように、ことのしだいを話した。毎回、侍女のアユーシが扉の外にたって警戒していたが、ひとりと雑談をしているうちに別の番兵が好奇心にかられてのぞき窓から一部始終を見たのだった。

アジャセたちは牢室へ急いだ。のぞき窓の蓋をあけてなかを見る。午後の光が弱くさしこむ薄暗い室内でビンビサーラが瞑想していた。

「クソ……。あの女、許さん、断じて許さん！」


アババヤは決意した。

イダイケの居室にいそぎ、返事をまたないで部屋にはいった。

侍女のアユーシがあわてたが、アババヤとしって表情をゆるめた。テーブルの上で麨《しょう》を酥《そ》蜜《みつ》で練り合わせていた。

「妃、ビンビサーラを助けだしましょう」挨拶抜きでいった。「ビンビサーラ王のためなら命を投げだすという兵士が何人かいます。妃が牢獄を訪れてドアをあけさせ、わたしが彼らを引きつれてのりこみます。そのまま竹林精舎におつれする」

「あの子に殺されるわ」

「大丈夫です。すぐさまビンビサーラの人望をもって全軍に檄をとばし、アジャセを押さえこむ。それしか方法はありません」

「いつ」

「これから」

「わかったわ」

身支度をはじめた、そのときだった。

「イダイケ！」ドアを蹴破るようにしてアジャセがとびこんできた。

「善見！」

「よくも裏切ったな！」

「ちがうのよ、父上を死なせるわけにはいかないでしょ」

「許さん！」

「考えなおしてちょうだい、いまからでも遅く……」

「黙れ！」

髪をわしづかみにして引き倒した。

「キャーッ！」

「殺してやる！」

アジャセが腰の剣を抜いてふりかぶった。

「なりませぬ！」

アバヤが両手をひろげてたちふさがった。「古来、父君を害して王位につくとも、母を殺めた王はただのひとりとしておりませぬ」

「ならば、このアジャセが最初のひとりになってやる！」

「栴陀羅《チャンダーラ》におちますぞ！」

「ウッ！」頭上の剣がとまる。

チャンダーラとは、かつてインドのカースト制度における最下層の人々のことで「不可触民」と呼ばれた。カースト制度は上位から順にバラモン（聖職者）、クシャトリア（王や貴族）、バイシャ（商人や農民、職人）、シュードラ（奴隷）となっているが、この階級にさえはいらない最下層がチャンダーラであり、生まれながらに人間としてあつかわれなかった。現在、インドでは法律によって同制度は禁止されているが、いまも民衆のなかにこの差別構造は根強く残っている。

母親殺しはチャンダーラとおなじだ――アバヤは当時、インドでは当然とされた社会構造において批難したのだ。

「王族に対する末代までの恥辱。このアバヤ、一族のひとりとして命にかえても母親殺しを見逃すわけにはまいりませんぞ！」

温厚なアバヤがはじめて見せた怒気の顔だった。

伯父にこうまでいわれてアジャセは躊躇する。怒りはおさまらなかったが、チャンダーラにおちるくらいなら死んだほうがましだ。

「クソ！　物置へ放りこんでおけ」

「餓死させてはなりませんぞ」アバヤが念をおした。「きちんと食事をお与えし、くれぐれも健康に気を配ること。獄死するようなことがあれば、あなたはその瞬間、チャンダーラにおちてしまう」

「わかっておる」舌打ちをして、「はやくつれていけ！」

「善見、善見！」

屈強な兵士に引きずられ、イダイケの絶叫が尾をひいた。

なぜ人は裏切られて怒るのか

カルチャー教室／講師の解説と聴講生たち

「さて――」修道が腕時計に目をおとして、「これで年内の講義は終わりです。次回は一月八日ですな。それでは」

といって朗読テキストを閉じて小脇にかかえた。

「ちょっと先生、まってくれよ」山城が当惑したような声でいった。「尻切れトンボみてぇでおちつかねえな。いまの話の解説はねぇのかい？」

「理屈っぽくなりますぞ」

「イヤ味をいわねぇで、手短にたのむぜ」

山城の関心は受講生たちの関心度のバロメーターである。その山城が尻切れトンボだというのだから、どうやら講義に食いついてくれているようだ。

修道はもう一度、腕時計に目をやって、「ここで押さえておくべきことは」と全体を見渡しながら問いかける。「アジャセはイダイケを不問にしてきたのに、なぜここで怒りを爆発させたのか」

「裏切ったからです」又吉青年が迷いなくいった。

「では、なぜ裏切られたら激怒するのですかな」

「バカなこときかねぇでくれよ。怒るにきまっててんじゃねぇか」山城が周囲を見やって鼻で笑ったが、修道は「よく考えてみてください。なぜ裏切られたら怒るのか」と再考をうながした。

「なるほど、そういうことですか」束の間あって、及川がわが意を得たりといった顔でいう。

「裏切られたこと自体ではなく、信じていた自分が否定されたことに怒っている。そういうことでしょう？　未生怨という陰口にアジャセが怒ったのとおなじ構造ですね」

「そういうことですな。アジャセは使用人たちみんなが陰口を叩くなかで母親だけは自分の味方だと信じておった。共犯者であるイダイケを許したのは、母親に対する無意識の絶対的な信頼感があるからではないですかな。――又吉君はおいくつかな」

「二十一、ですが……」

「お母さんは？」

「います」

「ちょうどその年代は――又吉君がそうだというんじゃなくて一般論ですが――いつまでも子供あつかいする母親をうとましくおもい、雑言を浴びせたりする。しかし一方で、母親が口うるさくいうのは愛情の裏返しであることもわかっている。ではないですか」

「たぶん」又吉青年が曖昧にうなずく。

「ところが、そうと信じていた母親の愛情が、じつは偽りであったとおもいしらされたらどうなりますかな。アジャセは母上だけは自分の味方だとおもいこんでいた。おもいこむことで不幸な出生に対して精神的なバランスがとれていた。ところが、こともあろうに自分に見せる笑顔の下で自分を裏切り、牢獄に食べものをはこんでいたとなれば、断崖から谷底に突きおとされたような気持ちになりますな。アジャセの怒りは――当人はそうと意識しないまま――絶望感が火をつけた。母親を殺す以外に精神の均衡ははかれない。アバヤがチャンダーラをもちださなければ、まちがいなくイダイケを殺していますな」

又吉青年に母親観を問いかけようとしたが彼が目を伏せたのでやめ、「一方――」と修道が言葉をついだ。

「イダイケはどんな気持ちで食事をはこんでいたとおもいますかな」

「そりゃ、命がけだろう」

山城がいったが、「そうですかな」修道は否定的な言い方をして、「これは女性におききすべきとおもいますが、イダイケは発覚してもわが子は許してくれるはずだというおもいがあったのではないか――。いかがですかな」加世子の顔を見た。

「たぶん」加世子がかすれた声でいった。

「だからイダイケもショックを受けたんですな。殺されかけたことに対してではなく、許してくれるというおもいが裏切られたこと――これが〝まさか！〟になる。身勝手なおもいといえばそのとおりですが、みなさん、胸に手を当ててみればわかるように、わたしたちはこの身勝手なおもいにふりまわされて生きておるのではないでしょうか」

受講生たちの表情が固い。今年最後の講義なのに、話がすこし重くなってしまったかもしれない。講義は年が明けてあと二回。仏教は楽しく学んでほしいものだ。ここはやはり笑いで終わったほうがいいだろう。

「それにしても」と修道が表情を崩していった。

「カースト制度は絶対にあってはならないことですが、古代インドでは王様でさえ、聖職者であるバラモンを尊崇した。ところが日本はどうでしょう。わたしらを呼ぶときは〝おい、くそ坊主〟ですからな」

笑いをとるつもりが、見事にすべってしまった。それぞれおもうところがあるのだろう。いつもまぜかえす山城でさえ、腕を組んで天井をあおいでいる。修道は素っ裸で演台にたっているような気分だった。

インターミッション――Each home

四人は忘年会と称して居酒屋「呑呑亭」で軽くやり、早々に別れた。

羽田加世子はタクシーをひろうと、もう一度、腕時計に目をやった。九時をすこしまわったところだ。あと二十分で帰宅すると卓也にラインした。返信がないのは承知だが、「既読」の文字を見ると――腹立たしくはあるが――安心はする。

――わが子は許してくれるはずだというおもいが母親にはあった。

秋葉先生の言葉が胸に刺さっていた。

――いかがですかな。

問われ、まるで心を見透かされたようで声がうまくでなかった。

――母親だけは自分の味方だと信じていた。ところが、そうと信じていた母親の愛情が、じつは偽りであったとおもいしらされたらどうなりますかな。

だけど卓也はわたしのことを信じてくれている。そうおもっている。いや、ウソと薄々気がついているのかもしれない。「あなたが生まれるまえにお父さんは亡くなったのよ」幼稚園のころならともかく、中二の子が素直に受けとるだろうか。父親が写った写真が一枚もないのだ。「引っ越しのときアルバムごと紛失したの」そういってはあるが、あまりに見えすいている。

イダイケの気持ちがわかる気がした。自分は悪くない――わたしもそうおもっている。あの人が奥さんと離婚するといわなかったら、わたしは卓也を産んではいない。いや、正直いって堕ろすことは何度も考えたが、それはできなかった。お腹の子が愛おしかったのだ。そのことだけは卓也にわかってほしい。

（いつ、どう話せばいいのか）

これは避けてとおれないことだった。いま話すか、それとも成人するまでまつか。どっちにしろ話すきっかけがいる。だったら就職とか結婚とか、人生の節目に話すのがいいのかもしれない。いや、それは自分に対する言いわけで先送りにすぎないのではないか。卓也がアジャセのようになるとはおもわないし、おもいたくもないが、多感な年ごろだ。話してとりかえしのつかないことになりはしないか。

それに――とおもう。うちあけて、もし父親に会いたいといいだしたらどうしよう。あの人に会ってなついたらどうしよう。それだけは絶対に許せないことだった。

晴海のタワーマンションについた。高層階用エレベータで二十七階まであがり、鍵をあけてなかにはいる。

「ただいま」

卓也はリビングのソファでスマホを手にゲームに興じていた。返事もしなかった。テーブルの上にカップ麺やフライドチキンを包む紙などが散らかっている。加世子は小言を呑みこみ、コートを脱ぎながら笑顔をつくっていった。

「ねぇ、卓也。初詣に明治神宮へ行かない？　ママ、素敵なフレンチレストランをしってるんだけど、大晦日からオールナイトで営業やるんだって」

「ひとりで行けば」

見向きもしないでいった。


年の瀬とあって、夜の九時半をすぎても山手線は混んでいた。やせて電柱のような又吉春樹が吊り革にぶらさがっていると、ほかの乗客より頭ひとつとびでている。又吉がたつドア付近で、顔を朱に染めた中年のサラリーマン風がロレツの怪しい声でつれに誰かのことを罵っている。内容はよくはわからないが、上司に不満があるようだ。

（なら、さっさと辞めればいいだろう）

又吉が車窓に映る自分の顔に視線をすえたまま心のうちで毒づく。不満を口にしながら仕事している連中を見ると冷笑したくなる。居酒屋でバイトしていたときはサラリーマンがよくつれだって飲みにきていた。議論したり、バカ笑いしたり、不満をぶつけあったりする姿を見ると、

（くだらねぇな）

といつもおもったものだ。

東大受験に二年つづけて失敗し、三度目もおちたとき、おふくろは当てつけがましく大仰に嘆息してみせた。それにカチンときた。

「東大なんてくだらねぇよ！」

両親にはじめて反抗した言葉が「くだらねぇ」だった。東大がくだらないというのではない。三度も受験に失敗したことで、小学年のときからケツを叩かれてきた人生はなんだったのか。そのことを「くだらねぇ」といったのだが、「東大のどこがくだらないんだ！」親父は激昂した。「負け犬はいつもそういって自分をなぐさめるんだ！」

たぶん、この瞬間、自分は人間がかわったのかもしれない。親父は言葉がすぎたとおもったのだろう。さとすようにいった。

「いいか、人生は〝椅子取りゲーム〟なんだぞ。椅子を勝ちとって座りつづける人間は、このゲームを〝くだらない〟とはけしていわない」

そして両親は口をそろえて「おまえのためをおもっていうんだ」とくりかえし、最後に親父は「もう一年頑張ってみろ」と猫なで声でいった。

キャリア官僚である親父の生き方は、自分が「長いモノ」になるために「長いモノ」に巻かれるというものだ。それが悪いとはいわない。巻かれるなら徹底して巻かれればいい。

反対にそういう生き方を否定するなら徹底して「長いモノ」に背をむければいい。とどのつまり人生に是も否もなく、要は自己責任においてなんでもありなのだ。他人を助けるのは偽善であり、他人に助けをもとめるのは都合のいい甘えにすぎない。それをみんなは腹のなかで承知しながら、顔にはださないで生きている。「おまえのため」というのなら放っておいてくれ。

そう、人生はくだらないのだ。くだらないから意味をもとめたり、生き甲斐などというまやかしをさがしたりするのだ。そう考えれば、宗教ビジネスも悪くはないかもしれない。講座や説法ではカネにならないが、人の心を手玉にとるべくドライに割り切ればなにかうまい仕組みがあるはずだ。このたびの講座にヒントがあるような気がした。

東大受験に失敗してフリーターになった。寝に帰るだけとはいえ、両親とひとつ屋根の下で暮らすのは針のムシロのはずだが、頑として家をでることはなかった。無理をしているのではない。世間に胸を張ることのできないひとり息子にいらだつ両親を見るのが快感でもあった。これまで明確には意識しなかったが、それはたぶん両親に対する復讐なのかもしれないと、「王舎城の悲劇」の講義をきいているうちに考えるようになった。アジャセに親近感をいだくのだ。

電車がゆれた。

ロレツのあやしいサラリーマン風が又吉の足を踏んだ。

「おっと、失礼」

「いえ」

又吉がニッコリ笑い、次のゆれに合わせておもいきり踏みかえしていった。

「おっと、失礼」

サラリーマン風が唖然として又吉の横顔を見つめた。


改札口をでた及川耕一がコートの襟をたて、住宅街を自宅にむかって歩きはじめた。明日は二十八日。官公庁の〝御用納め〟にならって民間企業も正月休みにはいる。家々に灯る明かりを見ていると、家族のにぎわう声がきこえてくるような気がした。

(同居なんかしなければよかった)

これまで何度もくりかえしてきたおもいがよぎる。

同居まえは本当に幸せだった。息子一家が千葉の実家に遊びにくるのを妻と一緒に心待ちにしていた。孫は目にいれても痛くないというが、会うたびに成長していく孫娘はよくなつき、及川家の宝物だった。一部上場の機械メーカーに勤める息子も仕事は順調のようで、酒を酌みかわすのも楽しみだった。早苗も気づかってくれ、よくできた嫁だった。母が亡くなり、自分が実家にはいって父親と同居した経験があるだけに、早苗の気苦労はよくわかっているつもりだった。

それにしても、とおもうのは、幸せであったはずの人間関係がどうしてかわっていったのか、ということだった。自分たちの場合はもともと頑固な父親と妻とはうまくいっていなかったので同居には懸念があった。だが、息子一家との同居の場合はそうではなかった。すくなくとも及川はそうおもっている。多少の気づかいはあるだろうが、もっともっと〝楽しいわが家〟になるはずだった。だから実家を売り、その資金と及川の退職金とで練馬に戸建てを購入して同居した。

それからわずか一年あまりで後悔することになってしまった。けして不仲なわけではない。だが、ひとつ屋根の下にいながら息子家族と溝ができ、それがしだいにひろがっていくのを感じる。溝がなんであるか及川にはわからない。溝は確実に存在しているにもかかわらず、それの正体がわからなかった。

離れて暮らしていれば、たまに会うときの気づかいはそのときだけですむ。だが、同居すればそうはいかない。このことは六十をすぎた及川にはよくわかっている。溝の正体は、たぶんそれだろう。では、いいたいことを主張し合えば同居はうまくいくのか。いくわけがない。

子に愛情をそそぎ、一所懸命に育て、子はやがて社会に巣立って一家をなし、親の手の届かぬところへ行ってしまう。見返りをもとめるわけでないが、孫子に囲まれて暮らす晩年でありたいと願うのは自分勝手なことなのだろうか。

だが、子と孫に囲まれていながら、及川は孤独だとおもった。

（人生ってこんなものなのか？）

答えのない自問がいつも襲ってくるのだった。

駅から十五分ほど歩いて自宅についた。セカンドバッグから鍵をとりだして玄関をあける。大きな音をたてないように、しかし帰宅したことがわかる程度の音をあえてさせる。早苗が自分に対する不満をこぼしていても、帰宅に気づけば口をつぐむことができる。そこまで気をまわし、気づかいする自分がいやになる。

「ただいま」

玄関で声をだしてから居間のドアをあけ、顔だけ見せて「ただいま」ともう一度いった。テーブルの上にビール瓶が二、三本ならんでいた。孫娘はフォークを手にもってケーキを食べている。「ジジ、お帰り」と舌足らずな声でいってすぐにテレビに目をむけた。

「お風呂は？」早苗がソファに座ったまま顔をあげてきいた。おざなりの問いかけとわかっていても、及川は笑顔を見せて「いや、いいよ」といった。

「飲むかい？」――息子はなぜそういってくれないのか。自室にはいった及川は小さな祭壇におさめた妻の遺影を見やった。

「呑呑亭」で三人と別れた山城穣治は、ヤクザ仲間を新宿の小料理屋に呼びだして飲みなおしていた。出所したばかりで散財する余裕はないが、そこいらの大衆居酒屋に誘うわけにはいかない。ヤクザの嗅覚はカネの匂いに敏感で、蝶や蜂が蜜をもとめて花弁にとんでくるように羽振りがよさそうな人間によってくる。これがシノギにつながっていくのだ。

「おめぇ、座布団（地位）があがったんだったな。刑務所《ムショ》で評判きいたぜ」山城が銚子の首をつまんでかたむけてやる。

「だけど上納金もあがっちまったぜ」

「なにいってやがる。おめぇは器量があるからどうってことねぇだろ」

「このご時世、楽じゃねぇよ。ときに、そっちは？」

「なんだかんだたのまれてまいっちまうぜ。てめぇで貸したカネなんだから、てめぇで取り立てろって追いかえすんだが、たのみますのお願いしますのといって頭さげられりゃ、無下にも断れねぇしな。出所したばかりだってのにバタバタしてるよ」

仲間であってもお互いがさぐりをいれる。くすぶっていいるとおもえばカネを嚙《かじ》られるまえにさっさと間合いを切る。羽振りがよさそうだとなればすりよっていき、手を組んでシノギにする。いそがしさは羽振りのよさと同義語だ。

「ときに山城、取り立てでモメててよ。ちょっと力を貸してほしいことがあるんだ」ヤクザ仲間が声をおとしていった。

「おめぇの話ならことわるわけにはいかねぇな」山城が猪口《ちょこ》を飲み干して応じた。

いまのうちにシノギの仕込みをしておかなければ、二、三カ月もすれば経済的に苦しくなる。親父の介護という頭の痛い問題もかかえている。昨夜も女房の江利子が食ってかかった。

――どうしてわたしが年寄りの下《シモ》の世話をしなくちゃならないのよ！

言い分はもっともだった。数カ月まえから、お漏らしをするようになったという。足腰も弱ってきている。自分が刑務所にいた四年間、江利子はホステスをやりながら親父の生活のめんどうをみてくれた。言葉にはださないが感謝している。いずれは特別養護老人ホームにいれるにしても、できるだけ在宅で世話をしてやりたかった。ヤクザの自分は好き勝手に生きてきたが、そのぶん両親と妹に苦労と迷惑をかけた。妹はカタギの勤め人と結婚するとき縁を切るといった。おふくろは八年まえに他界した。せめて父親にだけでも、孝行のまねごとをしてやりたかったのだった。

だが、江利子にとってはたまったものではあるまい。

――女房泣かせてなにがヤクザよ！

昨夜の一言は胸に刺さった。

「山城、どうかしたのか」

ヤクザ仲間の言葉でわれにかえった。

「どうもしねぇよ」笑ってから、「こんな言葉をしってるか。『筍《たけのこ》がほかのものにまつわりつくことのないように、ただひとり歩め』――」

「なんだ、それ?」

「お釈迦さんがブッダになるまえ、ゴータマ太子だったときにマガダ国のビンビサーラ王に会って……」

「なんの話だ?」

「なんでもねぇよ。さ、飲みな」

銚子をかたむけた。


さみしいとき、つらいとき、苦しいときはひとりでいても耐えられる。人間が孤独感に襲われるのは歓びを分かつ相手がいないときではないのか。今年最後の講義をおえてマンションに帰った秋葉修道はテレビをつけ、カップ麵で缶ビールを飲みながらふとそんなことをおもった。

若いころに夢中になった哲学者の三木清は、自著『哲学ノート』にこうしるした。

「孤独は山になく、街にある」

人間関係を離れて人生は存在しない。だが皮肉にも孤独の闇は人間関係のなかにこそ存在するということになる。

この時間、広島の自坊ではコタツにあたって団欒《だんらん》のときをすごしていることだろう。もともと孤独であるなら、こうしてひとりで缶ビールを飲んでいてもさみしさに胸がしめつけられることはあるまい。家族が田舎にいる。団欒がある。その輪のなかにはいろうとおもえばそうできるにもかかわらず、自分は招かれざる人間ではないかというおもいが孤独感となって襲いかかってくる。

「難儀なことよ」

缶ビールをひと口やって修道がつぶやく。

仏教は苦の正体を説くのであって、どうすれば幸せになれるかを教えてくれるわけではない。苦の正体をしることで苦からの解放をめざし、結果として幸せになる。幸せは結果論なのだ。「明日は晴天です」というのではなく、「明日は雨は降りません」というようなもので、雨が降らないから晴れる——たとえていえばそういうものだ。

こう考えると、「イワシの頭を信心すれば幸せはまちがいなし」と太鼓判を押してくれる宗教のほうが魅力的だ。多額のお布施だって払うだろう。

だが、仏教はそういうものではない。家内安全、身体健勝、立身出世、開運成就、病気平癒……といったことを願う気持ちは情としては理解できるが、これらはそうありたいと勝手に願う心——煩悩が生みだす蜃気楼にすぎない。

カルチャー教室で四回の講義が終わった。これから救いの核心にはいっていく。はたして自分の講義は腑におちて理解してもらえるだろうか。わずか六回の講義で理解は無理としても、これを入り口として仏教に興味をもってもらえれば望外の歓びだとおもうのだった。

チン、とスマホのLINEが鳴った。

いそいで手にとって画面を見る。空耳だった。

修道が苦笑する。孫がビデオ通話をかけてくるかと期待していた自分がおかしく、そして悲しかった。

（第四回講義・了）

第五回講義

幽閉されたイダイケ

カルチャー教室／講師の解説と聴講生たち

　教室は七、八人ほどの空席が目についたが、講義を盛りあげてくれる四人――山城穣治、及川耕一、又吉春樹、羽田加世子がいつもの席に座っていたので秋葉修道は安堵した。新年早々で所用があってのことだとしても、活発な意見を口にしていた受講生がひとりでも欠席するようなことがあれば、講師としてはいささか気落ちするものだ。

「正月はゆっくりされましたかな」

　いつものように法衣に輪袈裟をつけた修道が笑みをうかべて、

「一休さんのよくしられた歌に『門松は、冥途の旅の一里塚、めでたくもあり、めでたくもなし』というのがありますな。世間がめでたさにうかれる正月に、一休さんは墓場からひろってきた髑髏《どくろ》を杖の先にくくりつけ、家々の戸口に立っては〝ご用心、ご用心〟といって町中を練り歩きながら先の歌を詠む。正月というものに対して、めでたさに心を弾ませるか、死が近づいてくることに恐怖するか、あるいは一年一年死に近づいていくからこそ今日を大切に生きようと考えるか。ものごとは、それをどう受けとるか、どう考えるかによって意味はまるっきりかわってくるということですな」

そのことを念頭におき、「王舎城の悲劇」をいかにわが身に引きよせて読みといていくか——ここが講義の眼目だと修道は強調してから、物語の朗読にはいる。

物語

ダイバダッタはあせっていた。

とても釈尊におよばない。高弟たちから「ダイバを追放すべし」という声もあがりはじめた。このままでは教団をつぐどころかマガダ国に自分の居場所がなくなってしまう。

一方、アジャセ王はイダイケを幽閉したことで気持ちに一区切りつけたとみえ、南にむかって侵攻を開始した。王舎城の一帯は良質の鉄の生産地であったことから武器の製造技術にすぐれ、マガダ国軍は最強だった。青銅製の弩機《どき》を用いて巨石を敵陣に撃ちこみ、混乱に乗じて鎚矛《つちほこ》を装着した馬引きの戦車で突撃して制圧する。

「見よ、ダイバ殿。インド統一は目前だ」

上機嫌でいってから、釈尊の教団はどうなっているのかと今朝も問われた。手をこまねいていればアジャセに見限られるかもしれない。このときダイバダッタは、釈尊を殺《や》るしかない、と腹をくくった。

宮殿を辞したダイバダッタは、隠れ家である霊鷲山の石窟でコーカーリカと密談した。コーカーリカは表情もかえずにいった。「殺《あや》めるのは簡単ですが、あくまで事故死でなくてはなりません。ダイバ様の影がすこしでもチラつけば教団を率いていくのはむずかしくなるでしょう」

「腹案はあるのか」

「興奮した象が暴走して釈尊を踏みつぶす。よくあることです」

「なるほど、それはいい」

ダイバダッタがニヤリとした。

そのころジーヴァカはガンジス川をわたり、ヴァッジ国のヴェーサーリーまで徒歩で一日をかけて訪れた。さすが商都だ。規模こそ王舎城におよばないが、市場は多くの人出でにぎわっていた。いくつかある劇場のうち大箱の店を選んでなかにはいった。

「もうすぐ一回目のショーがおわるから、ここでまっててくれ」髭を長くのばし、頭に臙《えん》脂《じ》色のターバンを巻いた太った中年が顎をしゃくった。

「見にきたのではなく、人をさがしています」

男はうさんくさそうにジロリと見た。踊り子につきまとう客がいて神経をとがらせているのだろうが、ジーヴァカはこうした機微にはうとく、屈託のない笑顔で「元ダンサーなんです。いまは衣装をあつかっているとかきいています。歳は五十歳くらいで」

「五十歳だと?」つきまといではなさそうだ。男は安堵した様子で「名前は?」ときいた。

「サーラヴァティーといいます。ごぞんじですか」

「彼女のことをしらない男なんてインド中さがしてもいねぇよ」あきれ顔でいって、「ここをでて一本目を左に折れて……」わざわざ通りまででて道順を教えてくれた。

丁重に礼をのべ、教わった道を行きながらしだいに緊張していくのが自分でもわかった。しりたいのは自分のルーツだ。食って寝て息をすることは生物として生存しているだけであって、「生きている」という主体的な実感はない。「意味」が必要なのだ。物語といってもいい。どういう経緯でこの世に生をさずかったのか、人生のふりだしがわからなければ物語がはじまらない。地に足がつかないような不安感で、自分の存在に確たる自信がもてないのだ。善見が両親に対して牙を剝いたのは、自分がそうと信じてきた物語がまやかしであって、その対極に真実の物語があることをしったことで、自分の存在が根底から瓦解するような絶望感に襲われたからだろうと、ジーヴァカはおもった。

いくつか路地を抜け、教えられたとおりに十分ほど歩くと白っぽい石造りのこじんまりした家があった。中年の女性が庭で洗濯物を干している。何着もの派手なドレスは舞台用の衣装だろう。整った顔立ちであることは往来からでもわかった。

「失礼ですが、サーラヴァティーさんですか」庭先でジーヴァカが会釈した。

「そうですが」手をとめて怪訝な顔をした。

「わたしはジーヴァカともうします。王舎城からたずねてまいりました」

「王舎城……」サーラヴァティーの顔が強張る。

「お話をうかがいたくてまいりました」

サーラヴァティーが息をつめるようにしてジーヴァカの顔を見つめる。ふたりは無言でたちつくした。往来の喧噪が遠くにきこえる。無限の時間がすぎていくようだった。サーラヴァティーが小さな息をもらし、自分にいいきかせるようにうなずくと、洗濯籠を手にかかえたまま背をむけて家のなかにはいっていった。

椅子の上のドレスを脇にどかす。サーラヴァティーが目でうながし、むかいあうように腰をおろした。

ジーヴァカは不思議な気持ちだった。はじめて会ったのに、なぜ懐かしさがこみあげてくるのだろう。いや、懐かしいというのとはちがう。自分はこの人から生まれ、いまこうして存在しているのだという、空白の過去が物語としてつながった安堵感であったのだろう。父親は誰か、なぜ自分は捨てられたのか、このふたつがわかれば、これまで引きずってきた過去の闇と訣別できる。

「どうして王舎城から去ったのですか」

ジーヴァカはおだやかな声で問いかけた。「近隣にきこえた人気ダンサーで、しかもビンビサーラ王の庇護を受けていたあなたです。子供を産んだからといって王舎城を去ることはなかったでしょうに」

「そうね。そのとおりだわ」サーラヴァティーはいった。「だけど、わたしは産んではいけない子を産んでしまった。最初は黙ってひとりで育てるつもりでいたの。嘘じゃないわ。だけど万が一にもこのことが奥方に発覚するようなことがあれば、わたしも子供も命はない……。いま考えるとどうかしていたの。誰にも相談できない。若かったわたしは発作的に赤ん坊を道端に……」

おそらく――とジーヴァカはおもった。これまで何度も何度も自分にそういいきかせ、罪悪感と言いわけとの葛藤に苦しんできたのだろう。

「わたしはあなたを責めにきたのではありません。哀しくはあっても恨んでいるわけではありません。しりたかったのです。しるだけでいいのです。いま、こうして母親のことはわかりました。ご安心ください。あなたを困らせるようなことはありませんから」

ききたいことは山ほどあるような気がしてここまでやってきたが、なにを問うたところで意味のないことだとジーヴァカはおもった。自分を捨てた理由をしったところで、なにかがかわるわけではない。結局、しりたいことはひとつ——自分の父親は誰なのか、ということだった。

「父親は、わたしの父親はどこのなんという方ですか」

「きかないで、お願い」目に涙を溜め、サリーを膝の上できつく握りしめた。

「なぜ？　なぜいえないのですか。いま奥方に発覚とおっしゃいました。不義の子であることはわかりました。だけど、奥方に発覚すると殺されてしまうというのは尋常ではありません。父親はそんなに力のある方なんですか」

「お願いだから、それ以上はきかないで」

顔をゆがめていった。

——ビンビサーラ王もサーラヴァティーを可愛がり、わたしもお供してよく店に遊びに行ったものだ。

アバヤの言葉が脳裡によみがえった。

「まさか……」

「お願い、もう帰って。悪い母親であることはわかっている。でも仕方なかったの。仕方なかったの……」泣きながら自分にいいきかせるようにいった。

ジーヴァカが無言でたちあがった。捨てられた自分がこれまでどういう人生を生きてきたのか、産み捨ててから母親はどういう人生を歩んできたのか。母親に問うことも、問われることもないまま辞することになる。しったことで苦しみ、しらないことでも苦しむこともあるのだ。善見がどれほど苦しんだか、ジーヴァカはわかるような気がした。

小さいときから善見に友だち以上のなにかを感じていた。それがなんであるかジーヴァカにはこれまでわからないでいたが、あるいは、というおもいがよぎる。だが、それをしってどうするのだ。そう、しってどうするのだ。


（殺されるところだった）

宮殿の離れにある物置に幽閉されたイダイケは肩で荒い息をしながら、もう一度身体を震わせた。

アバヤがとめてくれなければ善見に首を刎ねられていた。温厚なだけが取り柄で、さして役にたたない男と見下していたアバヤが必死の形相で善見を阻止してくれた。自分とは一線を引いた仲だったが、今度ばかりはアバヤに命を救ってもらった、と感謝した。

気持ちがおちついてくると、不安と恐怖は忿怒《ふんぬ》に転じていく。二十畳ほどの物置は調度品や家具が乱雑におかれ、明かりを採るための高窓がひとつあるだけで部屋はカビっぽく、息をするのもためらわれた。隅に古道具のような小さなベッドがある。こんな部屋に足を踏みいれるのは五十余年の人生ではじめてのことだった。

（あんなに可愛がって育てたのだ）

唇をきつく嚙んで胸のうちでつぶやく。熱をだしたときは寝ないで看病もした。その恩を忘れてわたしを斬り殺そうとした。男同士、父親とはぶつかることはあるだろう。だがわたしは母親なのだ。どうしてこんな仕打ちをされなければならないのか。産まなければよかった。五階から産みおとして、なぜ死ななかったのか。

いや、と別のおもいがよぎる。

(あの子はやんちゃだけど、やさしい子だった。わたしとでなければ風呂にはいらないといってだだをこねて侍女や乳母たちを困らせた。そのわたしを手にかけるとは……。そうだ、ダイバダッタだ。あの男がそそのかしたのだ。悪いのはあの男、あのダイバだ)

ドアに走った。

木製の分厚いドアを叩いた。

「あけなさい!　いますぐあけなさい!　わたしはイダイケですよ!」

ドアはびくともせず、外に人の気配もなかった。イダイケは頭をかかえて床にうつ伏し、全身を震わせて嗚咽した。

無言の説法

カルチャー教室／講師の解説と聴講生たち

修道が朗読テキストをおくや、山城が声をあげた。

「イダイケもよくいうぜ。てめぇのしでかしたことを棚にあげてよ。身勝手もいいとこじゃねぇか。だろう？」

又吉青年は視線をふられて「母親なんてそんなもんです」

「わたしも同感です」いつもは山城に異をとなえる及川がそういってから、「ビンビサーラが投獄されたときとおなじおもいですね。自分は悪くない。相手の気持ちなどおかまいなしだ」嫁の早苗の顔をおもいうかべながらいった。

「そうですな」修道がうなずいて、「こうして物語を読むわたしたちにはイダイケの身勝手さがようわかりますけど、当人には自分が見えておらん。わたしらみんなそうかもしれませんな。誰かを悪者にして自己正当化をはかる」

受講生たちが一様にうなずいたが、「しかし」と及川がいった。「ビンビサーラはそこに気づき、牢獄で因縁因果についてイダイケをさとしてますよね。播いた種は自分の手で刈りとらねばならん、牢獄につながれてみてはじめてわかった、と」

「イダはそれをシカトしたんだろう？　ビンとは信心がちがう」

「山城さんのおっしゃるとおりですな」修道が口をはさむ。「イダイケは説法など関心がないから因縁因果といわれてもスルーですな。まして自分が悪いなど、つゆほどもおもうておらん。自分の腹を痛めた、一所懸命に育てた、本当はいい子なんだと、こうおもうておる。自分は悪うない、息子も悪うない、じゃ誰が悪いのかとなると第三者――ダイバダッタということになる。羽田さん、いかがですかな」

「そうですね、そうかもしれません」

イダイケがわが子に復讐されるくだりになってから、彼女の口数がすくなくなっていることが気になっていたので、あえて声をかけてみたがのってはこなかった。

「さて――」修道が気をとりなおすように言葉をあらためた。「泣いても、怒っても、毒づいてもイダイケは部屋からでることができない。気持ちがおちついてくると、あらためてこのことに気づく。誰かに助けをもとめる以外にないわけですな。だけどビンビサーラは牢獄で瀕死の状態、アバヤはとても無理となれば……」

「釈迦だろう」山城がいった。「困ったときの神サマ仏サマだ」

「ご明察。これまで合掌したことのないイダイケが、釈尊、どうかお助けくださいと手を合わせるや天井から眩《まばゆ》い光が降りそそぎ、お釈迦さんが高弟の阿難と目連をしたがえて面前にあらわれる」

講談調で語って、「山城さん、茶々はなしですぞ」機先を制するようにいった。

「わかってるよ、経典だからな」山城が苦笑して、「釈迦が忍びこんだり、ノックしてたずねたんじゃ絵にはならねぇだろう。で、イダが釈迦にさとされ、オヨヨと泣いておのれの非道を悔いてメデタシ、メデタシというわけだな」

「となればいいのですが、人間の業《ごう》は一筋縄ではいかんものですな」

ホワイトボードへ歩みより、「仏説観無量寿経にはこう書いてあるんですな」といいながら漢字を書きつける。

自絶瓔珞《じぜつようらく》、挙身投地《こしんとうじ》、号泣向仏《ごうきゆうこうぶつ》、「白言世尊《びやくごんせそん》、我宿何罪生此悪子《がしゆくがざいしようしあくし》、世尊復有《せそんぶう》、何等《がとう》因縁《いんねん》、与提婆達多《よだいばだつた》、共為眷属《ぐいけんぞく》」

「みずから瓔珞《ようらく》を絶ち、身を挙げて地《じ》に投げ、号泣して仏に向かひてまうさく、「世尊、われ宿《むかし》、なんの罪ありてか、この悪子《あくし》を生ずる。世尊また、なんらの因縁《いんねん》ましましてか、提婆達多《ダイバダツタ》とともに眷属《けんぞく》たる」

修道が朗々と読み下してから、

「お釈迦さんに助けをもとめながら、いざお釈迦さんの顔を見ると〝わたしのどこが悪いの〃といいたくなったんですな。たしかにアジャセを産み殺そうとはしたが、自分は反対したんだ、仕方なかったんだ、だから愛情をそそいで育てたじゃないか、わたしのどこが悪いのよ——そういうおもいですな。

胸にさげた瓔珞を引きちぎって放り投げ、床にうつ伏して泣き叫ぶ。わたくしはどんな罪があってこんなひどい子を生んだのでしょうという問いかけはともかく、お釈迦さんはなんだってダイバダッタと親戚なのよ、と噛みつく。これを身勝手と考えるか、〃わたしは悪くない〃というおもいから発する苦悩はそれほどに厄介なものと考えるか」

言葉を切り、受講生に問いかける。「そこでお釈迦さんはイダイケになんといったか」

「自業自得……」加世子が自分にいいきかせるようにいった。

「いや」修道が首をふった。「黙して語らず。なにもいわない。お釈迦さんは慈悲の眼差しで、イダイケの罵詈雑言をただ黙っておるんです」

イダイケは泣き、叫び、わめき、批難し、髪をふり乱し、狂ったように釈迦に罵詈雑言を浴びせる。

「どうして黙ってるのですか！　これまでビンビサーラにさんざん世話になったじゃないの！　わたくしはその妻ですよ。なんとかしてくださいな！」

阿難も目連も釈迦の背後にいて怒気を呑みこんでいた。自業自得ではないか、釈尊はそのことをハッキリおっしゃって目を覚まさせてやればいいではないか——そうおもったが、結跏趺坐《けっかふざ》した釈迦は黙したまま半眼の眼差しをじっとイダイケにそそいでいた。

どのくらいの時間がたっただろうか。暴言のかぎりをぶつけたイダイケは部屋の隅のベッドにうつ伏していた。高窓からさしこんでいた陽光はすでになく、部屋は薄暗くなっている。イダイケが軋み音をさせ、ベッドから身体をおこした。目が赤く腫れているが、その顔は、親に自分の意をとおすため泣きわめいた子供があきらめたときのような、吹っ切れた表情をしていた。

「わたくしはここに閉じこめられたまま死んでいきます」おだやかな声で釈迦につげた。「死んでいくということがどういうことか、わたくしにはよくわかりませんが、苦しみのない世界に生まれかわりたくぞんじます」

釈迦がうなずくのを見て、阿難と目連は判然とさとる。釈迦はイダイケがみずから気づくのをまっていたのだ。釈尊が無言でいることによって、イダイケは投げつけた言葉がそっくりそのまま自分にはねかえってくる。答えを自分で見つけなければならない。だが、容易にはさぐりあてることができない。必然的に問いは答えをもとめて内へ内へと深化していって、やがてひとつの結論に到達するのだ。

説法の一言をきいて自己への気づきの手がかりを得る者もいれば、万言を耳にしてなお、心にまとった鎧《よろい》のため容易には受けつけようとしない者もいる。釈尊は相手に応じて法を説いたことからこれを《対機説法》と呼ぶことはすでに述べたが、『仏説観無量寿経』においてイダイケに説くそれは後世、《無言の説法》と呼ばれる。

イダイケは《無言の説法》によって死を現実のものとして気づかされた。生まれてこの方、いずれ必ず死ぬ命を生きていながらイダイケには他人事であった。それがこうして幽閉されたことによって、自分は死んでいく身であるという、あたりまえで、しかしこれまで意識の外に閉めだしてきた現実に否応なく直面させられる。これが気づきであり、「死んで生まれかわっていく世界」を意識する。

唯願世尊《ゆいがんせそん》、為我広説《いがこうぜつ》、無憂悩処《むうのうしよ》、我当往生《がとうおうじよう》

「ただ願わくは世尊、わがためにひろく憂悩なき世界を説きたまえ。われまさに往生すべし」

来世は苦悩のない世界、憂いのない世界へ生まれかわりたい、汚濁《おじょく》と罪悪に満ちたこの世にわたくしはもういたくない、どうか釈尊、そんな世界をお教えください、わたくしはそのような世界に生まれとうぞんじます——と懇願する。

釈迦はうなずくと眉間から金色の光を放ち、十方の諸仏の清浄で美しい仏国土がパノラマになって現前する。七宝の国、蓮華の国、宮殿のような国……。無数の諸仏の仏国土にイダイケは目を奪われ、そしていった。

「釈尊、どの仏国土も素晴らしく光り輝いておりますが、願わくば、わたくしは阿弥陀仏《あみだぶつ》のおられる極楽世界に生まれたいとおもいます」

ここで釈迦ははじめて言葉を発する。

「阿弥陀仏去此不遠《こしふおん》」

阿弥陀仏はここを去ること遠からず。さがすまでもなく、阿弥陀仏はすでにそなたのそばにいらっしゃる——そうつげるが、

「遠からず？　どこに？　それはどこにあるのですか。わたくしには阿弥陀仏が見えませぬが、どのようにすれば出会えるのでございましょうか」

論理と理屈で生きる人間の疑問であり、当惑だった。

「では、これからその方法を教えよう」

そして釈迦は、まず「三福《さんぷく》」を説くのだ。

釈迦が説いた《三福》

カルチャー教室／講師の解説と聴講生たち

　ここまで朗読して、このまま物語をつづけるべきかどうか修道に迷いが生じた。作成した朗読テキストでは「三福」につづき、十六の観法について釈迦がイダイケに説くように物語を構成しているが、アクビしないで受講生たちは耳をかたむけてくれるだろうか。その懸念が迷いを生じさせたのである。

　バロメーターである山城をチラリと見やった。釈迦が現前させた仏国土について茶々をいれてくるだろうとおもっていたが、反応すらもしない。厭《あ》きてきたようだ。イダイケの救い——すなわち教義の部分になれば〝船を漕ぐ〟にちがいない。やはりここは物語を朗読するのではなく、興味をひくような話題をふりつつ、受講生たちと小まめにキャッチボールをしながら進めていったほうがいいだろう。

　修道は朗読テキストをおいて、

「いま《無言の説法》がでてまいりましたが、毒づいていたイダイケがなぜ一転、お釈迦さんにすがる気になったとおもいますかな」

「それは先生」熱心に受講している及川がすぐに反応する。「いま朗読されたように内面への深化ということじゃないんですか」

「そのとおりですが」

といって、ホワイトボードに四つの文言を書きつけた。

懺悔《ざんげ》・請問《せいもん》・放光《ほうこう》・現国等《げんこくとう》

「善導大師によれば『観無量寿経』はこういう構造になっているというわけですな。イダイケがお釈迦さんに文句をいったあとでわたしが悪かったとなり、ついては苦のない世界を教えてくださいとなり、じゃ見せましょうとなって浄土が現前する。ざっくりいえばそういうことですが、みなさん、キューブラー・ロスの『死の受容過程』というのをごぞんじですかな。たとえば末期ガンを宣告された患者が死をどういうふうに受容していくか」

山城のほか数人が顔をあげ、修道の言葉をまっている。末期ガンという身近な具体例をだしたことで興味が喚起されたようだ。

再びホワイトボードに書きつける。

死の受容過程

第1段階（否認）　第2段階（怒り）　第3段階（取引）　第4段階（抑うつ）　第5段階（受容）

「末期ガンと診断されて〝そんなバカな！〟――これが否認ですな。ついで、なんで自分がこんな目にあわなきゃならないのか、理不尽だと怒りがわいてくる。だけどガンは進行する。どうにもならない。神サマ仏サマ、悪いところは悔いあらためますのでどうぞお助けください――これが取り引きで、やっぱりだめかとなっておちこみ絶望。やがて徐々に死を受けいれていくことになりますな。《死》を《苦悩》におきかえればそっくりイダイケになっていくことが、これからおわかりになるでしょう。いまイダイケは、わたしが悪うございました、反省しております、どうぞお浄土に生まれさせてくださいというわけで、『苦悩の受容過程』の第三段階におるわけです」

受講生たちから声がない。いまかかえる問題について自分はどの段階にいるのか、わが身に引きよせて考えているのかもしれないと修道はおもいながら、「お釈迦さんがおっしゃった三福というのは善のことで、三つありますな」といってホワイトボードに「三福」と書きつけて講義を進める。

「道徳的な善が《世福《せふく》》で、戒律を守って仏道に生きることが《戒福《かいふく》》、三つ目が《行福《ぎようふく》》で人のためという利他の実践。この《三福》をまずやりなさいと、お釈迦さんはイダイケにいう。みなさん、できますかな」

ここで教室がざわつく。受講生たちが口々に「無理だ」「無理だわよね」と隣と会話をはじめる。

「俺なんざ、三悪だぜ」例によって山城がひときわ大きな声でまぜかえすと、

「山城さんだけじゃなくて、みんなそうですよ」

及川が賛意をあらわし、又吉青年が「イダイケにできますかね。僕じゃ、とっても無理だけど」おどけると、山城がさらにまぜかえして「三福は三服のまちがいじゃねぇのか。タバコを一服、二服、三服、なんてな」

修道はこれまでカルチャー教室で何度も講座をもってきたが、山城のようなタイプの受講生ははじめてだった。事務員の若い女性が「お金と時間をつかってなにしにいらしているのかしら」と、講師控室で修道にあきれてみせたが、修道としては山城の茶々がありがたかった。仏道を是として無条件に受けいれるのではなく、現実生活における価値観や社会通念から異をとなえ、それを論議してはじめて腑におちて理解できる。熱心にメモをとる受講生もいて、これはこれで張り合いがあるのだが、釈迦の教えは暗記するものではなく、納得するものだと修道はおもっている。

「なるほど。説明はうまくできないけど、なんとなくわかった」——この納得感が大事なのだ。まぜかえしてくれて、山城には感謝なのである。

物語

「さて、イダイケよ」

釈迦が《三服》の説明につづけていう。「ついで阿弥陀仏の浄土を観るための十三の観法――すなわち瞑想法を教えよう」

イダイケが背筋をのばして釈迦の口元を見つめる。

「まず、第一の観を日想観《にっそうかん》と呼ぶ。西方浄土に沈む夕日を心に強く念じ、目を閉じても開いても夕陽の形がはっきりと見えるようにする。ついで水の水面を観ずるがよい。清く澄みきった水を観じたならば、それを水の世界、氷の世界、瑠璃《るり》の世界であると想いをおこす。これが第二の観である水想観《すいそうかん》で、さらに浄土の大地の様子を念じることを地想観《じそうかん》と呼び、第三の観とする」

こうして釈迦は以下の観法を説いていく。

第四観「宝樹観《ほうじゅかん》」……宝の花や葉など、浄土に生えている七重の並木を想う。

第五観「宝池観《ほうちかん》」……七宝の蓮をうかべた功徳のある浄土の池を想う。

第六観「宝楼観《ほうろうかん》」……浄土の見事な建物を想う。
第七観「華座観《けざかん》」……華座（阿弥陀仏の台座）を想う。
第八観「像観《ぞうかん》」……仏像を想う。
第九観「真身観《しんしんかん》」……光り輝く阿弥陀仏の真実の姿を想う。
第十観「観音観《かんのんかん》」……観音菩薩を想う。
第十一観「勢至観《せいしかん》」……勢至菩薩を想う。
第十二観「普観《ふかん》」……自分が極楽浄土に往生する様子を想う。
第十三観「雑観《ぞうかん》」……仏が満ち満ちた世界を想う。

イダイケが真剣な表情で釈迦の言葉を胸に刻みつけるようにしてうなずいている。これまでのイダイケでは考えられないことだった。死が現実のものとして迫り、ワラにもすがるおもいだったのだろう。

イダイケが釈迦にならって結跏趺坐を組み、静かに眼を閉じて瞑想にはいった。五山に沈みゆく夕陽を想いうかべる。朱色の太陽が稜線を背後から照らし、山々が黒々として見える。何十年もこの光景を見ているはずなのに、いざこうして些細に想いうかべると、太陽が稜線のどの位置に沈んでいくのか記憶が曖昧で、戸惑い、たちまち瞑想から現実にかえってしまう。

むずかしい。ものの数呼吸しか観想はつづかない。あせり、気をおちつかせ、眼を閉じたまま気息を整え、何度も何度も沈みゆく太陽を想いうかべる。

不意に、わたしが悪かったのだ、というおもいがよぎる。非は自分にある。そのとおりだ。だが、そのことに気づいた自分はより素晴らしい人間に近づいたのだとおもう。そして、これからわたしは汚濁と罪悪に満ちたこの世を離れ、阿弥陀如来様の素晴らしいお浄土に生まれかわるのだ。心を躍らせたとき、まぶたの裏の夕陽はどこかに消しとんでいた。目をあけると釈迦も阿難も目連も姿がなかった。

二日を費やして日想観をあきらめ、第二観の水想観に進んでみた。深呼吸をして池の水面を想いうかべる。宮殿の中庭の池だ。青く澄みきった静かな水面を念じようとするが、風に細波《さざなみ》がたったかとおもうと、いきなりガンジス川の滔々《とうとう》とした流れがかぶさり、一転、雨期に氾濫したときの悲惨な光景がよぎる。念じることのむずかしさにイダイケは身をよじるようにして観想に挑むのだった。

アジャセはご満悦だった。

出自にまつわる忌まわしさは、ビンビサーラとイダイケを排除することで払拭した。ジーヴァカが記憶以前の物語がないことに苦しんできたことと真逆で、アジャセは出自という自分の意志と無関係の物語を消しさることで、あらたな、そして栄光に満ちたサクセスストーリーをこれから構築していくことに胸をはずませた。

この日も、「王の間」でダイバダッタ相手に雑談していた。

「それでアジャセ王、母上はいかがおすごしでございますか」

「何日も顔を見ておらんが、食事をはこぶ侍女たちの話では、ベッドの上や椅子に座り、眼を閉じてなにやら思念しておるそうだ」

「ほう、瞑想ですかな」

「生きる屍《しかばね》のまちがいであろう」声をたてて笑って、「部屋からだせとわめかないところをみると、おのれの悪行を反省しているのであろう。お仕置も悪くないものだ」

「ムチをうつ子の手に愛情あり、ですかな」

「ダイバ殿はいつも愉快なことをおっしゃる」

アジャセはダイバダッタとの会話に気持ちがなごむ。息子のウダーウィンと遊ぶのも楽しいものだが、親としての責任感から手放しというわけにはいかない。その点、ダイバダッタは釈尊の跡をつごうとする高名な比丘でありながら、アバヤのようにさとしたり、苦言を呈したりすることもない。自分の気持ちをわかってくれる、どこまでも自分を受容してくれる人間だった。

「ときにダイバ殿、その後、教団は?」

「まもなく、わたくしがとってかわります」

「釈尊もようやくゆずる気になったか」

「というより、釈尊が不慮の事故でお亡くなりになる姿が、わたくしの目には見えております」

うやうやしく頭をさげながらコーカーリカにおもいを馳せた。

そのころ、市場の裏手でコーカーリカがターバンを巻いた小太りの象使いに銀のコインを握らせ、念押しするようにいった。

「大丈夫だな?」

「まかせてくだせぇ。うちの象は嬶《かかあ》より聞きわけがいい」ニタリと笑い、コインの感触を手で楽しむようにしてズボンのポケットにしまった。

やがて前方から釈迦が舎利弗や阿難のほか数人の弟子たちと托鉢しながらゆっくりと歩いてくる。通りの両側では路上に敷物を敷いたり、四隅に棒をたてて日除けの天幕を張ったりして商いをしている。多くの商人が頭をさげて喜捨し、釈迦が合掌する。

一行が前方二十メートルほどになったときだった。

「ヤーッ!」

象使いが鋭いかけ声をかけ、短く固いムチで三頭の象たちの尻を激しく叩いた。怒った象が鼻を高く掲げるや切り裂くような奇声を発し、地響きを轟かせて釈尊一行にむかって暴走をはじめた。

往来の人々が悲鳴をあげて両脇に逃げる。

「世尊！」

「お逃げください！」

阿難と舎利弗が両脇から釈迦のまえにたちふさがって叫んだ。釈迦はたちどまったまま表情ひとつ動かさない。

（踏みつぶされる！）

誰もが目をつむった瞬間だった。三頭の象が釈迦の鼻先でつんのめるようにしてとまった。釈迦が象たちの頭をゆっくりと撫でてから語りかける。「暴れてはいけない。おまえたちは本当はやさしいはずだ」

象が鼻をゆっくりともちあげ、親愛の情でも示すかのように左右にふった。それを目にした人々は感嘆し、象使いは恐怖に顔をひきつらせてあとじさり、一目散に逃げていった。コーカーリカは市場の隅から呆然として釈迦を見ていた。


何日がたっただろうか。

幽閉されているイダイケには判然としなかったが、第六観「宝楼観」（浄土の見事な建物を観想する）から第七観「華座観」（阿弥陀仏の台座を観想する）に至って、ついに音をあげた。

「無理です、できません！　お釈迦さま、わたくしには観想は無理です！」

壁にむかって叫ぶや、釈迦が以前とおなじように舎利弗と目連をつれ、布団ほどの大きさの雲に坐して忽然と面前の中空に姿をあらわす。

イダイケが泣いて訴える。

「釈尊、わたくしはとても阿弥陀仏の浄土に生まれかわることができそうもありません。どうすればよろしいのでしょうか。ほかに方法はないのでしょうか。何度も何度も観想を試みましたが無理です、無理なんです」

釈迦が慈悲の眼差しで見おろしてつげる。

「案ずることはない。わたしが説いた十三の観想を実践できない者は、つづく第十四の『上輩観《じようはいかん》』、第十五の『中輩観』、そして最後である第十六の『下輩観』によって阿弥陀仏の浄土を観想し、この仏国土に往生する。すなわち死の恐怖、恐怖からくる苦しみをのりこえていくことができるのだ」

「よかった、まだほかに方法があるのですね」イダイケの顔に朱みがさす。「お願いでございます。どうぞ残りの三観をわたくしにお教え願います」

正座し、額を床にすりつけてお辞儀した。

救いの光明が射す瞬間

カルチャー教室／講師の解説と聴講生たち

「さて、みなさん、イダイケになったつもりで、第一の『日想観』をいまから全員でやってみようではありませんか」

修道にうながされてガヤガヤと言葉がとびかい、受講生たちが姿勢を正す。

「さあ深呼吸して、目を閉じ、夕陽を想いうかべてみてください」

教室が静まる。軽くまぶたを合わせている者もいれば、力をいれて閉じ、鼻にシワが寄っている者もいる。

加世子は、ワイキキビーチから海に沈んでいく夕陽を想いうかべた。西の空をオレンジ色に染めて大きな太陽がゆっくりと沈んでいく。美しい光景に頰がゆるみかける。唐突に卓也の笑顔がよぎった。卓也とふたりで行ったのは二年まえの年末だった。二十代のときに彼氏と一緒に行って、トロピカルドリンクを飲みながら海辺のテラスで夕陽を眺めたこともある。

（まさか、それがこういうことになろうとは……）

過去の思い出がよぎり、卓也の心配がよぎり、観想は一分ともたなかった。

「だめだ」山城の声がする。「夕陽がすぐにグラマーなネエちゃんになっちまう」

笑い声がおこり、受講生たちがそれぞれ目をあけて「むずかしいわ」「無理」「イダイケ夫人、頑張ったのねぇ」隣同士でにぎやかに話しはじめた。

「いかに難行であるか、おわかりいただけましたかな。これに第二観の水想観を合わせて仮観《けかん》ともうしまして、本格的な観想に入る準備段階ですが、これすらできないのがわたしたちですな。それを承知でお釈迦さんはイダイケに十三観を説き、これを善導大師は《定善《じょうぜん》》と呼ぶ。心をひとつのことに集中させることによって雑念妄念をふり払い、死への恐怖と苦しみをのりこえていく。ところがイダイケはギブアップですな。なんとかなりませんか、ハイ、わかりました、じゃ、こういう方法もありまっせ——というのが十四、十五、十六の三つで、善導大師はこれを《散善《さんぜん》》とし、徳目——すなわち人間としての生き方をつうじて死への苦しみをのりこえていくと説く」

修道はホワイトボードに「散善三観」と書きつけ、

「お釈迦さんは人間の機類（性質）を九つに分けて説くんですな。上品上生《じょうぼんじょうしょう》、上品中《じょうぼんちゅう》生《しょう》、上品下生《じょうぼんげしょう》、中品上生《ちゅうぼんじょうしょう》、中品中生《ちゅうぼんちゅうしょう》、中品下生《ちゅうぼんげしょう》、下品上生《げぼんじょうしょう》、下品中生《げぼんちゅうしょう》、下品下《げぼんげ》生《しょう》の九つ。細かく説明すると眠くなるでしょうから」

修道はチラリと山城を見やって、

「最上級の上品上生というのは、仏教の戒律を守り、利他を実践し、阿弥陀仏の浄土に生まれたいと一心に願う人で、ここから下におりていくにしたがって〝ダメ人間〟の度合いが増していって、最後の下品下生の人は、煩悩のおもむくまま自分勝手に生きる人ですな」

「先生よ」山城が茶々をいれる。「下品下生ってな、俺のことをいってるんじゃねぇだろうな」

「それです、まさにそれ。山城さんのことをいうとるのです」語調を強めていったので教室は微妙な空気が流れ、修道があわてた。「山城さんはあくまでたとえですぞ、あくまでたとえ。下品下生は衆生――つまりこのわたしたち全員ということですぞ」フォローしたが、山城は不機嫌な顔をしたままだったので、ゴホンと大仰な咳払いをして、

「つまり、ざっくりといえばですな」

と言葉をついだ。

「九つの機類に応じて父母孝養とか慈心不殺、廃悪修善《はいあくしゆぜん》といったことをお釈迦さんは説くんですな。廃悪修善というのは十悪――殺生、偸盗《ちゆうとう》、邪淫、妄語、両舌《りようぜつ》、悪口《あつく》、綺語《きご》、貪欲《とんよく》、瞋恚《しんい》、邪見といったことをやめて善いことをしなさいという意味でして、イダイケもこれならできると喜んだ。みなさん、いかがですか」

「たしかに、努力すればできなくはないような気がしますね」又吉青年が頼りなげな口調でいうと、

「無理です」及川が断定する。「十悪の反対をなす十善は、まさにさとりの境地です。でしょう、修道先生？」

「おっしゃるとおりですな。及川さんはよく勉強されている。イダイケも最初、これならできるとおもって安堵した。ところが数日をかけてよくよくわが身に問うと無理だと気がつくんですな。なにしろ死は現実として迫っていますから本気で考えた。これまでの自分の生き方、処し方を考えてみれば、自分こそ十悪をなす人間であったと気がつく。みなさんはいかがですかな」

受講生の顔を順に見まわして、

「悪いことはしないで善いことをしましょう——非常にわかりやすくて簡単にできそうにおもえますが、そうですかな？　無意識であれ、自分は正しいと心の底でおもうておるから悪いことをしても、あれは仕方なかったんだと言いわけをする。それがこうじれば相手が悪いになってしまう。そんなわたしたちに十善などできるわけがない」

「じゃ、どうしろってんだ」山城が単刀直入に問う。

「まさにそれが第十六観の『下輩観』になりますな」といって、修道は釈迦の言葉を引いて説明する。

「なんじはこれ凡夫なり。心想羸劣《しんそうるいれつ》にして未だ天眼を得ず、遠く観ることあたわず——心が散り乱れて遠くを見通すことのできない凡夫であるとイダイケにつげ、『なんじ好《よ》くこの語を持《たも》て。この語を持てというは、すなはちこれ無量寿仏の名を持てとなり』というんですな。観想によって浄土に往生するのは無理、善人になって往生することもできっこない。そんな憐れなわたしたち人間であっても、阿弥陀如来は〝わが名を呼べ、必ず救う〟という大慈悲の心をもってわたしたちにハタラキかけておられると、こう説くわけですな。わが名というのはお念仏――すなわち南無阿弥陀仏のことです」

ここがイダイケの救いにとって要となるのだが、教義的な言い方をしてもにわかには理解できないのではないか。修道が懸念し、すこし角度をかえて話をつづける。

「努力は貴いものでありまして、みなさん、子供のときからいろんなことで努力されてきたこととおもいます」話のトーンをかえて、「いかがですかな」今日は口数の少ない羽田加世子を見ていった。

「はい。頑張ってきたつもりです」

「そこの青年は?」又吉を見た。

「ええ努力の日々でしたよ」投げやりな口調でいう。

「なるほど」うなずいて修道が見まわすと、及川が「激流を努力でさかのぼるように泳いできたような気がします」といい、山城が「努力なんてもんじゃねぇ、こっちとら命懸けだぜ」と得意そうにかえす。

「で、みなさんおもいどおりの人生になりましたかな。努力でなにもかものりこえられましたかな」

「そうはいかねえよ。だろう？」

山城に話をふられて、加世子も及川も又吉もうなずく。

「そこなんです」

修道が語気を強めていう。「おもいどおりにしたい、予定どおりの人生にしたい、こうありたい、そうありたい、自分の努力でそれを実現する、実現してみせる——このおもいが苦悩を生む。努力が悪いというのではないですぞ。自分の力をたのみとし、努力すれば物事がなんとかなるとおもう、そのおもいが苦悩を生むといっておるんです」

修道の言葉に加世子はなにかが見えてきそうな気がした。身体が熱くなるのを意識しながら言葉に耳をかたむける。

「みなさんは努力して生きている。ところが来し方をふりかえってみてどうですかな。おもいどおりの人生ですかな。〝こんなはずじゃなかった〟というおもいと、わたしたちはふたりづれで歩いておる。誰が悪いのでもない。自分の努力をたのみにした、自分が悪い。そこに気がつかないから苦しまなければならんのじゃないですかな」

「じゃ、先生」加世子が顔を上気させて問いかけた。「どうすればいいんですか。努力しないでいいとおっしゃるんですか」

「そこなんじゃな」修道がやさしく微笑んだ。「夢だの希望だのといえば聞こえがええが、実体は欲じゃ。我執じゃ。我執と気づかず、自分の力にたよっておもいどおりにならない人生をおもいどおりにしようとする。悩むのはあたりまえじゃろう。仏法によって我執に気づき、我執こそが苦悩の根源だとしることで人間は苦悩から解放されていく」

「となると、先生」又吉青年が問いかける。「努力しないで、ただ漫然とその日を生きていればいいということですか」

「くりかえすが努力は貴いもの。人間は努力すべきですな。ただし大事なことは、おもいどおりにならない人生であるとしっていくこと。もっといえば、自分のおもいなどはるかにこえた大きな力に気づき、その力のなかで生かされていることを腑におちてしったとき、我執という殻がうち砕かれていく。自分の力で人生を切り拓いていけるとおもって生きてきた価値観と人生観が根底からひっくりかえり、ここに救いの光明がさしてくる」

力をいれてしゃべりすぎたようだ。修道は喉の渇きをおぼえた。机上においてあるペットボトルの水を紙コップに移し、飲み干してつづける。

「イダイケは当初、観想をやれるとおもうておった。想いうかべることくらい頑張ればどうとでもなる、そうおもってはじめたらとんでもない。自分の力では想いうかべることさえままならないことに気づかされる。そこでお釈迦さんは、じゃ、いい人間になるようにしなさい、そうすれば救われると説く。自分はそれほど悪い人間じゃないとおもうておるから、これならできるとイダイケは安心する。ところが、よくよく考えてみたら自分は息子を産み殺そうとしたではないか。嘘もいえば悪口もいう、自分がいちばん可愛い、とても十善などできる人間ではないと気づかされる」

言葉を切り、受講生たちがうなずいているのを見てつづける。

「その凡夫たる自分、自力ではとても浄土に往生できないこのわたしを救いとってくれようとする大いなる力の存在に気づくことで、さらに我執の殻がうち砕かれていく。苦は自分自身にあり、救いもまた自分自身にある。ここをお釈迦さんは去此不遠――なんじいましれりやいなや、阿弥陀仏、此を去りたまうこと遠からず、と救いをもとめたイダイケにいったわけですな」

「あのう、先生、初歩的な質問ですが」加世子が遠慮がちに問う。「阿弥陀仏とはなんなのですか」

「初歩的だなんてとんでもない。これを簡潔にいうのはじつにむずかしいのじゃが、阿弥陀仏あるいは阿弥陀如来というのは、梵語（サンスクリット語）のアミターバ（量りしれない光をもつ者）、アミターユス（量りしれない寿命をもつ者）の音写でしてな。文字に意味はないことはまえにお話したとおりですが、光と寿命だから形はない。じゃ、それはなにかというと、善導大師が阿弥陀仏について摂取不捨《せつしゆふしや》という言葉をもちいておることから、仏教の教えによって誰もが救われていくというハタラキを阿弥陀と名づけた――わしはそう解釈しておる。で、仏像というのは――」

山城の表情から「じゃ仏像はどうなる」と投げかけてきそうな気がして、修道が先にいった。

「形がないと拝むのにリアリティがないですからな。仏教の信仰対象として仏の姿を表現した像ということになる。〝愛している〟と百万遍いわれるよりも、形あるダイヤの指環のほうに愛の証を感じる。たとえていえば、そういうことになりますかな」

「先生よ」山城が笑っていう。「仏教のことは、わかるようなわかんねぇような話だが、いまのたとえは俺でも納得だぜ」

「山城さんに誉められるとホッとしますな」笑顔をかえすと腕時計に目をやり、朗読テキストを片づけながら、

「気づきを得るまでのイダイケがそうであったように、人間というのは身勝手なものでしてな。地べたに長くのびた自分の黒い影を見て〝これは自分じゃない〟といいはる。自分はまちごうておらん、悪いのは相手――そうおもうておるかぎり苦悩はいよいよ深まるばかりで解決はせん。影をふり払おうと全力で駆けても、影はピッタリくっついて離れるわけがない。だけど、〝ああ、これは自分の影だな〟と気づいて日陰にはいれば、影はたちまち消えてしまう。苦悩は自分がつくりだした影であると腑におちて得心できるかどうかですな。では――」

軽く頭をさげて、講義の終わりをつげた。

「さあて、新年会でもやるかい？」

山城にいわれて及川、加世子、又吉の三人の目があう。

「今夜はちょっと」

加世子がいうよりはやく、

「さあ、行くぜ」

山城が先に立ってエレベータにむかった。

居酒屋「呑呑亭」

山城につづいて三人が「呑呑亭」にはいった。

「あっ、どうも！」若い従業員があわてて「四人様、ご案内！」

奥に大声でつげると、山城の姿を見た店長が奥からすっとんできた。「らっしゃいませ！」

腰をかがめながら奥に案内して、「こちらのお席でよろしいでしょうか」と上目づかいに顔色をうかがった。

ウム、と山城がうなずいて「乾杯するから、すぐジョッキをもってこい」腰をおろすやドスのきいた巻き舌でいった。

「ジョッキはおいくつ？」

「何人いる」

「四人様……、四つですね、ただいま！」

店長の背を見やりながら、「バカ野郎が、見りゃわかんだろ」山城の舌打ちに三人が笑った。山城という男は三人にとっては異質で、大マジメに見える言動の一つひとつが可笑しいのだろう。

新年の乾杯をし、山城が口についた泡を手の甲でぬぐっていった。

「仏教講座ってぇのは辛気《しんき》くせぇな」

「でも」又吉青年がジョッキをテーブルにもどしながら、「なんとなく苦悩の正体が見えてきたような気がするじゃないですか。ねぇ、及川さん」

「そうだね」及川がうなずき、ショルダーバッグから講座案内のチラシをとりだすと、「苦悩の本質を、お釈迦さまがときあかす――チラシのコピーにあるとおりじゃないですか。講義はまだあと一回ありますからね。これで受講料の一万二千円は安い」

「わたしもそうおもうわ」

加世子も賛同したので、山城が眉を吊りあげた。「みんなして、えらい修道の肩をもつじゃねぇか」

「山城さんは苦悩がないからじゃないですか」又吉青年が笑って、「苦悩のない人に一万二千円は高い」

「だけど、悩みがない人がわざわざ受講するかね」

口にしてから及川があわてた。余計なことをいうな――加世子と又吉の顔にそう書いてあった。コワモテの山城でさえ、心になにかしらの悩みをかかえているのだろうと、及川だっておもっていることではないか。

「なにいってやがる」山城が気まずい沈黙を気づかうように笑って、「そうは見えねぇだろうが、俺なんざ、悩みはバーゲンで売るほどかかえているんだ。兄ィちゃんはどうなんだ」と、いじりやすい又吉青年に話をふった。

「ぼ、ぼくだって、そりゃ、悩みはありますよ」口をとがらせてから、「それがなんなんだ、なんてきかないでくださいよ」あわてて付けたしした。

話が微妙な方向にふれだしたので、年の功で及川が話題をかえる。「阿弥陀仏の救いがどうしたという経典の話は、いまひとつわかりにくいですね」

「たしかに」又吉青年がわが意を得たりとばかり、「浄土往生がどうだとか、念仏がどうだとか、あらためて勉強してみないと……」

「わかんなくたっていいんだよ」山城がさえぎった。「なんとなく、あ、そうか――わかった気分になれば、それでいいんだ。兄ィちゃん、講師にでもなる気かい？」

「まさか」

「だったら理屈は修道にまかせておきゃいいんだ。渇いたノドに生ビールをグビグビやりゃ、ああ、うめぇな、とおもうだろう？　ホップがどうのこうのなんてことはビール会社の人間が考えればいいんで、俺たちゃ、ああ、うめぇ——それでいいんじゃねぇのか」

「たしかにそうだわ」このところ口数の少ない加世子が自分にいいきかせるようにいった。

「苦悩は自分がつくりだした影である——。いわれてみれば、そうかな、って。それでいいんじゃないかしら」

加世子のつぶやきでテーブルは沈黙する。

四人はそれぞれ自分の影を見つめていた。


（第五回講義・了）

第六回講義

自己都合で生きてきた自分

カルチャー教室／講師の解説と聴講生たち

受講生たちのにぎやかな雑談が講師控室まできこえてくる。いつものことだが、最終回の講義は教室が華やいだ雰囲気になる。今夜でおわるという達成感があるからだろうと、修道は熱いお茶をすすりながらおもう。

だが、仏教のなにをつたえられたのかとわが身に問えば、いささか気持ちがおちこまないでもない。「これを説明するにはあれを説明しなければならない、あれを説明するにはこれを説明しなければならない、これを説明するにはあれを説明しなければならない……」と無限連鎖となって、とてもじゃないが受講生に耳を貸してはもらえない。

「要するに仏教はなにを説いているんですか」必ずこういう質問がとんでくる。

「つまりですな」要約しようとするが、これを説明するにはあれを説明し、あれを説明するにはこれを説明し……となってしまい、

「もう結構です」

そっぽをむかれてしまう。

だから、と修道はおもう。なにかひとつでもいい。「あ、そうか」と納得してもらえるものがあればそれでじゅうぶんではないか。カルチャー教室で仏教に興味をもってもらえば、そこから先——教義や歴史、宗派のちがいといったことについては入門書から専門書まで山ほど出版されているので、そっちをあたってもらえばいい。仏教の骨格は必要最小限にとどめ、いかに単純化して講義するか——このことを修道は心がけている。

「群盲象を評す」という。鼻を撫でた人、脚を撫でた人、尻尾を撫でた人など、それぞれさわった部位から象の形を評すため、全体像が見えないことのたとえとして否定的にもちいられる。だが象の形はわからないとしても、象を撫でたことは事実だ。当初は勘違いするだろう。誤った形をおもいうかべてしまうこともある。それでも、たとえば鼻から脚、尻尾と撫でていくことで、やがて全体像が見えてくる。なぜ自分は勘違いしたかもわかってくる。仏教の勉強もそれとおなじで、大切なことは、まず自分の手で象にさわってみることなのだ。

「先生、お時間です」

女性事務員の声で修道がわれにかえる。

朗読テキストを手に腰をあげると、控室をでて教室の演台にたった。

「今夜が最後の講義になりますが、『王舎城の悲劇』がなにを説かんとしているか、その一端がご理解できたのではないかとおもうておりますが、いかがですかな」

受講生のバロメーターとする山城が小さくうなずいているのを見て、つづける。

「ビンビサーラ王とイダイケ夫人が〝そうするしかない〟という身勝手な自己正当化によって行者を殺し、わが子さえも産み殺そうとし、その結果、みずから苦悩することになった。自業自得といえばそれまでですが、視点をかえるならば、この悪行が引きおこす苦悩によって、自己都合で生きてきた自分というものが見えてくる。白いものは背後に黒い衝《つい》立《たて》をおいてこそ鮮明になるということですな。人間の気づきはつねに逆説的な構造をもって語られることがおわかりいただけたのではないでしょうか」

言葉を切って、

「では、アジャセはどうなったのか。ダイバダッタは、ビンビサーラは、イダイケはどうなっていくのか。物語は意外な方向にころがっていく。『観無量寿経』はイダイケが救いに目覚めていく観想のところでおわっておりまして、ここからは『涅槃経』をもとに物語を進めましょう」

修道の朗読がはじまった。

物語

ジーヴァカが立ち木に身体を隠しながら、中庭を小走りに抜けて宮殿にはいった。

王の間の入口に武装した衛兵ふたりが立っている。ジーヴァカが歩みよると、「ご苦労さん」といった。ジーヴァカの顔を見知った衛兵がかしこまる。アジャセ王がジーヴァカと会うのを拒否していることなど末端の兵士にわかるはずもない。

ドアをあけてなかにはいった。

「これはこれは、名医殿のおいでか」王座に背をあずけたアジャセが唇の端を吊りあげていった。

「アジャセ王――」ジーヴァカがおだやかな声で口を開く。「すべては因縁でございましょう。ビンビサーラ王もイダイケ妃もけしてあなたを憎んだわけじゃない。あんなに可愛がられて育ったではありませんか。王とごいっしょに象にのり、剣術を楽しみ、妃が日陰の椅子に座ってそれを眺めておいでになる。仲睦まじい家族がわたしは子供心にうらやましかった」

「話はそれだけか。でていけ。おまえの顔など二度と見たくない」

冷たい声でいった。

そのころ竹林精舎の自室で、ダイバダッタは血がにじむほどに唇を嚙みしめた。突進する狂象が釈尊のまえで子犬のようにおとなしくなってしまったという話がたちまちにしてひろがり、釈尊の名声は日増しに高まっていく。自派から何人もの比丘が去った。手をこまねいていればアジャセ王に見限られるかもしれないというあせりもあった。

「して、つぎの策は？」語気を強めてコーカーリカに問いかけた。

「明朝、釈尊は霊鷲山に登り、山頂の広場で説法されます。ご承知のように、『ビンビサーラの道』の一部が長雨で崩れております」

「山頂の真下だな。道が細くなっておって難儀しておる」

コーカーリカがうなずいて、「そこをとおるとき、もし山頂から大きな岩がおちてくれば」

「ひとたまりもあるまい」

「しかも説法にむかう途中に災厄に見舞われたとあっては、釈尊にとってこれ以上の不名誉はないものとぞんじます」

「なるほど。命をおとして、評判もおとし……」

「比丘はダイバ様のもとに集まってくる」

「一石を投じて三鳥を得るだな」ダイバダッタが低く笑っていった。「よし、わしも行こう。

この目で釈尊の最期を見とどけてやる」

ジーヴァカを追いかえしたアジャセは「王の間」でひとり物思いにふけっていた。昨夜、妻のダーシャにジーヴァカとおなじことをいわれた。「あれほどあなたのことを愛してらしたお母様なのよ。それに、いきなり姿が見えなくなったものだから、ウダーウィンが毎晩泣いているのをごぞんじでしょう」

ウダーウィンのことをもちだされると弱い。お婆ちゃん子だ。わが子を悲しませるのは父親として忍びない。それに母は改心もしたやにきく。許してやってもいいのかもしれない。「そうだな、そうするか」つぶやいて、「衛兵！　隊長を呼べ」とどなった。

物置部屋からだされ、アジャセのまえにたったイダイケはつつしみ深い態度で礼をいった。気の強い母の、屈託のない、温和な表情は意外だった。そこまで刑罰は人をかえるのか。釈尊によって救われたことをしらないアジャセは、ただ驚くばかりだった。

ダーシャに手を引かれたウダーウィンが部屋にはいってくるなり、喜色をうかべてイダイケに駆けよった。「見ててよ」というなり、木製の象にとびつき、尻から滑り落ちた。指を押さえて泣きだす。

「どうしたの？」イダイケがウダーウィンの手をとる。「あら、こんなに腫れて」

「見せてごらん」アジャセが駆けよった。「古傷がちょっと膿をもっただけだ」というや、ウダーウィンの指を口に含み、膿を吸いはじめたのである。

それを見て、イダイケが感に堪えない表情でいった。「そなたが三つか四つのころだった。指が膿をもって腫れたとき、父上はそなたとおなじように膿を吸いだした。しかも、驚かせないようにと、その膿を飲みこんで……」

ウダーウィンとアジャセの目があった。涙をうかべた顔がニッコリと微笑む。父親を信じきった目だった。

(父上がわたしの膿を?)

アジャセの身体を熱いものが走った。

閉ざしてきた過去の情景が霞のなかにうかびあがり、しだいに鮮明になっていく。幼い自分を膝にかかえて象にのった父の笑顔、木刀で剣術の手ほどきをしてくれたときの険しい顔、そして男は勇敢であれと寝物語にさとしてくれたやさしい顔……。あれは何歳のころだったか、高熱に苦しんだとき一睡もしないでベッドにつき添ってくれた父……。父とかかわってきた幼い日の断片がフラッシュバックする。

あれはまごうことなく父親の愛情だった。

その父が、なぜ自分を殺そうとしたのか。

(いや、ちがう)

アジャセが頭をふる。

父は、このわたしを殺そうとしたのではない。わたしが生まれてくる以前——すなわち、わたしがこの世に生をさずかる以前に葬ろうと決意したのだ。したがって、わたしに対する憎しみは微塵も存在するはずがなく、子供が生まれてくること自体に恐怖したにすぎない。

（それなのに自分はなぜ激怒したのか。なぜ父を憎んだのか。餓死させてどうしようというのか。あれほど可愛がられて育ったというのに……）

おもいが胸のうちで渦を巻く。膿を吸いとった指をウダーウィンがかざし、屈託のない笑顔を見せた。わが子、わが父、そして、わが母……。

（俺は、俺は、なんてことをしたのか！）

両手で頭髪をかきむしり、顔をあげるや叫んだ。

「衛兵、馬だ！」

薄暗い牢屋の小さな高窓から斜陽がさしこんでいる。仰向けに横たわったビンビサーラが胸元で合掌している。目を閉じて、微動だにしない。

「父上……」

アジャセが膝をつき、顔をのぞきこむ。髪が乱れ、伸びた髭が彫りの深い顔を覆っている。微笑んでいるように見えた。いまにも目をあけ、笑いだすのではないかとおもわれた。

ビンビサーラの叫び声がアジャセの耳によみがえる、

――なにをする！　善見！　善見！

涙が頬をつたい、ビンビサーラの顔の上に落ちた。「父上！　父上！」合掌するビンビサーラの手を両手でつかみ、叫びながら何度もゆすった。

イダイケが牢屋にはいってくる。おだやかな、満ち足りた顔でビンビサーラを見おろした。

（いまならわかる）

と、胸のうちでつぶやく。

目連尊者と富楼那尊者が訪ねた日、夫はこういった。

――獄死して本望。悪いのは善見じゃない、このわしなんだ。播いた種は自分の手で刈りとらねばならん。牢獄につながれてみてはじめてわかった。苦は、牢獄につながれたことによって生じるのではない。因縁因果を受けいれられない我執によって生じるのだ……。因縁因果であるなら、いつ死んでも悔いはない。

わたしはイラだっていいかえした。でも、いまは夫がいった意味がよくわかる。自分の都合で勝手に種を播いておいて、いざ発芽した花が思惑とちがっていたら、それは花が悪いといって怒る。苦悩は、この身勝手なおもいにおこる。夫はそのことに目を見ひらかれ、救われ、心やすらかにお浄土に往生したのだった。

いまここで救われていく道がある

カルチャー教室／講師の解説と聴講生たち

ビンビサーラは獄中で餓死した。

それがなぜ、救われたということになるのか。

「ここがわかりにくくはないですかな。これがドラマですと、ビンビサーラが餓死寸前で救いだされ、夫妻は非道を悔いたアジャセと嫁孫に囲まれてハッピーエンドになる。ところがそうはならないのに、仏典ではビンビサーラは救われたと説く。納得しますか？」

「しねぇな」山城が異をとなえるのは予想どおりだ。

「では、ビンビサーラをガンにおきかえて考えてみてくださらんか」ここが講義のキモのひとつだ。「たとえばガン患者の救いは、ガンが治ること。そうですな」

受講生たちがうなずく。

「では、ガンが治らなければ不幸ですかな。死を受けいれ、これまでの人生に感謝し、心やすらかに亡くなっていくとしたら、これは不幸ですかな」

「なるほど」及川がわが意を得たりといった口調で、「ガンは、先生がまえの講義でおっしゃった《自分の影》ということですね」

「そういうことですな。牢屋から助けだされること自体が救いではない。ガンが治ること自体が救いではない。牢屋に閉じこめられておっても、末期ガンで余命宣告されておっても、いまここで救われていく道があなたのすぐそばにある。そのことに目覚めよ、とお釈迦さんは説いた」

「去此不遠《こしふおん》ですね」

「まさにそうです。ビンビサーラは牢屋から救出されたとしても、《影》の正体に気づかないでいるかぎり、波のようにつぎからつぎへと襲いかかってくる人生のあらたな苦しみに煩悶して生きていかなければならん。こうしたい、こうなればいい、これさえ解決したら……そうおもうて歯を食いしばって頑張る。うまくいかなんだら、なぜだ、と腹をたてる。うまくいったらいったで、欲望はつぎからつぎへとふくらんでいって死ぬまで満たされざるおもいにさいなまれる。苦しみの正体は《影》にあるのではなく、《影》は自分がつくりだしているということに気がつかないことにある」

加世子は卓也のことをおもった。あの子はなにを考えているのか——いくら答えをもとめても、いまの不安やいらだちから自分を解き放つことはできない。自分はなにをどうしたいのか、すべてはここにあるのだと修道の言葉を噛みしめた。

又吉も自問する。東大受験の尻を叩かれつづけたこと、受験に失敗したことで自分の人生が狂ったわけではないのではないか。合格していたなら悩みのいっさいから解放され、ハッピーな人生を送っているとはおもえない。入学すれば国家公務員総合職をめざして尻を叩かれつづけているだろう。悩みの根源は両親と自分の関係にあるとおもってきたが、そうではなく、それにどう対処するか、自分との問題なのだ。

及川は修道の声を遠くにききながら考えこんだ。息子家族と同居したことが本当に自分を苦しめているのだろうか。自分はいったいなにに苦しんでいるのだろう。家族みんながやさしくしてくれたら悩みなどなくなるのか。悩みの正体が、《影》を厭《いと》い、《影》から逃げようとする自分にあるとしたら、死ぬまで苦悩はつきまとうのではないか。なにかが見えてきたような気がした。

山城は素直に修道のいうとおりだとおもった。江利子に親父のことで突っかかられると腹がたつ。腹がたてば、さっさと親父が死ねばすべてが解決するとおもう一方、これまでさんざん迷惑をかけてきたことをふりかえると、親孝行のまねごとのひとつもしてやりたくもなる。だが自分がいらだち、腹をたてている真の原因は、江利子と親父の関係にあるのではないのかもしれない……。

「さて――」

修道の言葉で四人が顔をあげる。「そのころダイバダッタは日が暮れるまえに大きな岩を準備し、翌朝の襲撃にそなえてコーカーリカたちと山窟に潜むんですな。つづきを読みますかな」

女性事務員が演台のペットボトルの水がすくなくなっていることに気づき、いそいで新しいものをもってきておいた。

「ありがとう」

笑顔を見せ、紙コップにすこしついで口をつけてから、朗読テキストに手をのばした。

物語

朝靄《あさもや》をついて、法衣をまとった釈迦たち一行が石を敷きつめた「ビンビサーラの道」を麓からゆっくりと登ってくる。ダイバダッタが躙《にじ》りよるようにして岩場から見おろした。舎利弗、木連、阿難、富楼那といった高弟たちのほか十名ほどの比丘がしたがっているなかにジーヴァカの顔があった。

コーカーリカが手下の比丘たち五人に目で合図する。人間の背丈ほどの丸い歪《いびつ》な巨石の底に、テコにする二本の太い丸太を押しこんだ。眼下の登山道まで二十メートルほどだろうか。樹木のほとんど生えていない岩場の急斜面だ。釈尊の五体はちぎれて判別すらできなくなるだろう。ダイバダッタの心臓が高鳴り、快感に震えがくるようだった。

コーカーリカが息をひそめて眼下を注視する。横に二列、三列になって登ってきた一行が崩落のところで一列になっていく。先頭を舎利弗、ついで阿難、そして釈尊になったとき、コーカーリカが手ですばやく合図した。テコの丸太が軋み、巨石が地響きをたてて急斜面をころがりおちていく。

「危ない！」叫び声があがった。誰もが恐怖に竦《すく》んでその場にしゃがみこむ。釈迦だけがひとりたって巨石をあおぎ見ている。

「釈尊！」ジーヴァカが顔をひきつらせた、そのときだった。岩肌で巨石が大きく跳ね、釈迦の頭上を跳びこえると反対側の斜面を駆けあがるようにしてとまった。

「そんなバカな」

ダイバダッタは呆然とつぶやいた。

それから数日後――。

アジャセが突然、高熱を発してベッドに伏せった。胸にできた瘡《かさ》が日を追って全身にひろがりつつある。瘡は血膿をもち、それが流れだし、激しい異臭が鼻をついた。宮廷付の医師の処方で薬草を煎じ、それを瘡に塗るのだが、吐き気をもよおす異臭に妻のダーシャでさえ、アジャセの居室にはいることがためらわれた。

　看病にあたったのはイダイケひとりだった。寄り添い、薬草を塗り、黙って見守った。母親のこの無償の愛が、おのれが犯した罪に否応なくむかわせる。アジャセは母親を幽閉したことを悔い、父親を餓死させたことに苦悩する。親を殺した者は阿鼻叫喚の地獄におちるという古来よりの言いつたえはしってはいたが、ビンビサーラを投獄したときは一笑に付した。

　だが、イダイケの献身的な看病によって親の愛に目覚めたアジャセは、「親殺し」がどれほど深重な罪悪であるかをおもいしる。イダイケの愛情が慈悲の光となり、アジャセの心の闇を照らし、自分は地獄におちるしかない人間だという気づきを与えた。

（いま自分は〝親殺し〟の報いを受けている。やがて地獄におとされ、八つ裂きにされ、罪を償わせられる……。地獄だ、地獄におちるのだ）

　全身が震え、息さえできなくなる。瘡はひどくなるばかりで、医師は、心からくる病であり容易には治らないと結論づけ、国政をつかさどる六人の大臣につげた。

　六人の大臣たちは色めきたった。病を治してアジャセ王にとりいるチャンスだ。彼らは悪臭に吐き気をこらえながらいれかわりたちかわり、当時のインドを代表する思想家をつれて病床をおとずれる。

まず最初に月称《がっしょう》大臣がプーラナ・カッサパ（富蘭那迦葉）師をともない、「さとりを得た方で、どんな苦しみをも治す力をもっておいでです」といって紹介した。

プーラナ師はいった。「親を殺した者は地獄におちる？　昔からそのようにいっておるようでございますが、戯言《たわごと》ですな。誰か地獄へ行って見てきた者がおりますかな」

そして、こう説いた。

「人間の行為には因果応報というものはありません。したがって悪因＝悪果、善因＝善果というものが成立しない以上、おこないにも善悪はないということになります」

「わたしが地獄へおちることはないと？」

「左様でございます」

だが、アジャセは得心することができなかった。


ついで、蔵徳《ぞうとく》大臣がマッカリ・ゴーサーラ（末伽黎拘舎離子）師をつれてやってきた。

マッカリ師はいった。「ご安心ください。太子が父親たる王を殺めたとしても罪にはなりません」

その理由として、人間がよりどころにする法は出家法と王法のふたつがあるとして、こう説く。

「出家法にしたがって生きる者は、どんな命――たとえば蚊や蟻といえども殺せば罪になります。しかし王法にしたがって生きる者は、子が父を殺して国王の座につこうとも罪にはなりませぬ。たとえていえば迦羅羅虫《かららちゅう》（胎内の幼虫）が母虫の腹をやぶって生まれてくるのとおなじで、政治をつかさどる者には許されることでございます」

いっていることは理解できるが、アジャセは得心はできなかった。

三番目の十徳《じっとく》大臣に同行してきたのはサンジャヤ・ビラティプッタ（刪闍耶毘羅胝子）師で、

「果報（結果）は善きにつけ悪しきにつけ、すべて過去に因（原因）あり、現在ではどうすることもできないものです」として、

「ビンビサーラ王は過去のおこないを因として、死という果報がきまっておったのです。したがいましてアジャセ王、あなたにはいっさいの罪はございませぬ。ご安心なさるがよろしいかとぞんじます」

救われるような言葉であったが、アジャセはやはりなにかがちがうような気がして得心できなかった。

四番目は悉知義《しっちぎ》大臣で、ともなったアジタ・ケーサカンバラ（阿耆多翅舎欽婆羅）師はこう説いた。

「昔から父王を殺して王位についた人は多くいらっしゃいますが、ひとりとして地獄にお

ちたという話はきいたことがござらん。地獄だ、餓鬼道だ、天界だなどといっておりますが、いったい誰が見たというのでしょうか。見るはずがない。なぜなら地獄や餓鬼道、天界などといったものはなく、存在するのはたったふたつ。人間界と畜生界だけでございます。しかも人間として生まれるか、動物として生まれるかは偶然であって、因縁などではないのであります」

そして、「地獄が存在しない以上、そこへおちるなどと心配する必要はまったくない」といったが、アジャセの気持ちは晴れなかった。

五番目にきた大臣は吉徳《きつとく》で、パクダ・カッチャーヤナ（迦羅鳩駄迦旃延）師をつれてきた。パクダ師も「地獄なんてものは存在しない」としたうえで、「殺害などというものもまた存在しませんな。考えてみていただきたい。もし不滅の実体（我）があるとするなら、不滅ゆえにそれを殺すことはできない。殺すことができない以上、殺害は存在しないことになる。反対に不滅の実体（我）が存在しないとするなら、存在しないものを殺害することはできない。アジャセ王、こう考えてください。剣で人を殺害したとしても、剣がその人を殺したのであって、殺した人には罪はない。火が木を焼いたとしても、火に罪があるわけではない。これが真理というもので、殺害などというものは成立しないのであります」

なるほど、とはおもうが、「そういうものなのだろうか」という疑念がアジャセの胸のうちにくすぶり、納得できなかった。

最後にやってきたのは無所畏《むしょい》大臣だ。同行するニガンダ・ナータプッタ（尼乾陀若提子）師は単純明快にいってのける。

「殺害とは命を破壊することですが、では命とはなんでしょうか。命とは風気――つまり呼吸のことであることからして、その本質を破壊することなどできません。したがって殺害などというものはありえないのです」

そして、戒律を守ることによる解脱《げだつ》を説き、「ひとたび解脱を得れば善悪、親子、今世来世など一切の差別は消滅するのです。インダス・ガンジス・オクサス・シーターの四大河も大海にはいればみなひとつになって区別がなくなるのとおなじで、来世のことなど心配にはおよびません」といって笑った。

アジャセはどの教説にも心が動かなかった。心配はありません、大丈夫です、あなたが悪いんじゃない――そう説いてくれるが、どれも口先のなぐさめにしかきこえなかった。

「王様、ダイバ殿がおみえです」

アバヤが部屋にはいってきてつげる。

「ダイバ……」

アジャセがつぶやく。そうだ。ふりかえってみれば、すべてはダイバダッタの問いかけからはじまったのだ。

――宮殿の使用人たちが太子殿のことを陰でアジャセと呼んでおることをごぞんじですかな。アジャセとはアジャータシャトルの略でして、未生怨――すなわち、生まれるまえから怨念をいだく者、という意味でございます。

ダイバダッタの声が頭のなかで反響する。

「王様――」アバヤが心配そうにアジャセの顔をのぞきこんでいった。「ダイバ殿が、王様の病をお治しくださるともうしておりますが、いかがなさいますか」

アジャセが上半身をおこした。「二度とくるな――そうつたえよ」痛みをこらえながら険しい顔でいった。

ダイバダッタは宮殿の入口でアバヤから面会拒絶をつげられ、唖然とした。

「コーカーリカ、これはどういうことだ?」

「ご病気のせいで気がたっておられるのでしょう」

「いや」ダイバダッタは眉間にしわをよせて首をふった。「モタモタしているわしらに愛想をつかしたのだ」

コーカーリカはうなずいたが、アバヤ大臣の口ぶりからアジャセ王はダイバ様の策略を見抜いたものと推察した。そのことになぜ、ダイバ様ともあろう人が気づかないのか。あせりと欲で見えなくなっているのだ、とおもった。釈尊にはどうあがいてもかなわない。ダイバ様から離れ、あらたなチャンスをもとめて修行の旅にでようと、コーカーリカはこのとき決心したのだった。

アジャセの瘡は全身にひろがり、ただれたようになった。高熱でうなった。痛みが激しく、寝返りもうてない。イダイケは涙をうかべながら一晩中そばについて看病した。

アジャセが病床に臥したことで、マガダ国に占領されていた周辺諸国は連合軍を組織して反乱をおこした。士気の下がったマガダ国軍は敗走し、連合軍は王舎城に攻めいろうとしていた。事態は切迫し、マガダ国は崩壊の危機にあった。

「自分の欲」が生みだした苦しみ

カルチャー教室／講師の解説と聴講生たち

「アジャセも気の毒なものですな」

修道が朗読テキストをおいて、

「しらぬが仏《ほとけ》とはようゆうたもので、自分のあやまちに気づかないまま一生を終えられれば結構なことですが、人間は不幸にして自分の悪事に目覚めてしまうんですな。内に善なるものを具《そな》えておるからか、仏のハタラキによって目覚めさせられるのかはともかくとして、人間の心というのはひょいとしたキッカケで、それまでの自分がコロリひっくりかえってしまう。ここに苦悩が頭をもたげるわけですが、さて、それをどう解決するか」

ホワイトボードに歩みよって、「六師外道《ろくしげどう》」と書きつけ、

「大臣たちがつれてきた六師について説明しておかなければなりませんな。彼らの思想はさておき、彼らが説くものの考え方は、わたしたちの〝苦悩解決法〟とかわらんのです。つまり二千五百年がたっても、人間はちっとも成長しておらんことがようわかる」

六人の思想家《サマナ》の名前を順に書きつけて説明する。

「言い方はそれぞれちごうておりますが、六師がアジャセに説いた根幹は〝あんたは悪うない〟――この一点ですな。それを導きだすためにあれこれならべたてた理屈を思想と呼んでおる。乱暴にいってしまえばそういうことになる。ちなみに外道とは道を外れた者という意味で、後世、仏教の側から見た言い方ですな。教説の是非はともかく、先人思想家に対してたいへん失礼だろうとおもいますが、ま、これは余談」

言葉を切って、さてどう話したものか、修道に迷いが生じる。六師外道の思想をもうすこしくわしく説明するつもりでいたが、これまで五回の講義をつうじて実感するのは、今回の受講生たちは仏教そのものを学ぶというよりも、それぞれなにかしら問題をかかえ、そこから解放される方法やヒントを強くもとめているということだ。それはたぶん、積極的に発言してくれる山城穣治、羽田加世子、及川耕一、又吉春樹の四人が講座の雰囲気を引っ張ってくれているからだろう。

「人間の悩みというやつは」修道が六師外道を離れて切りだした。「ほとんどが人間関係ですな。それも親子――」

山城、加世子、及川、又吉青年がドキリとして、修道の言葉をまつ。

「他人とのかかわりであるなら、つきあわなければいいだけのこと。ところが親子はそうはいきませんな。一生をつうじてかかわってくる。まず子供のときは親との人間関係に悩む。ああしろ、こうしろ、あれはだめ、これはだめ、と親は口うるさい。腹がたつ、反抗する、こんな親なんかいらない——憎んだりもしますな」

又吉青年が無意識にうなずいている。

「自分が親になったら、その反対ですな。親のエゴといわれても子の将来を考えて口うるさく注意する。反抗すれば、あんたのためをおもっていってるんでしょう——逆ギレしたりもする」

加世子は顔が熱くなるのをおぼえた。

「で、やがて子が家庭をもって一定の年齢になると、老いた親をどうするかということが大問題になってくる。介護をしなければならないとなると、これは苦悩ですな。育ててくれた恩をおもえば放ってはおけない。さりとて自分にも家庭がある。配偶者は親とは他人ですからブーブー文句もいうでしょう」

山城が渋い顔をする。

「親の世話に頭を悩ませた子が歳をとれば、今度は子の世話になる。自分は食わずしても子を育てたというおもいを引きずっておるから、大事にされてあたりまえだという気が心の片隅にある。だからちょっとでもドライな態度をとられると腹がたつ。ことに同居の場合は子の連れ合いに遠慮があるため、腹がたってもそれをぶつけられないからしだいに苦しみにかわっていく」

及川が身じろぎもせずききいっている。

修道はここまでしゃべって自分の息子夫婦のことが脳裡をかすめ、ペットボトルの水を紙コップについでひと口で飲み干した。

「先生よ」山城が口をひらいた。「人間関係も楽じゃねぇだろうが、カネがねぇのも悩みのタネだぜ」異をとなえるのは彼の性分なのだろうが、おかげで質疑というキャッチボールが生まれるため、修道は助かる。

「ですな」と笑って、「しかし、宝くじが当たればお金そのものの悩みは一瞬にして解決しますな。失業の悩みも雇用されれば解決する。だけど親子関係はそうはいかんでしょう。その年齢に応じて死ぬまで悩みや問題を引きずっていく。大富豪であっても家族のことで悩んでおるのは、そういうことではないですかな」

「まあそうかもしれねぇけど、親子関係で悩んでもいいから宝くじに当たってみてぇよ」

いつもはウケる山城の冗談だが、このときは反応がなく、及川も又吉青年も視線をおとし、なにかを考えているようだった。

「話を物語にもどしますかな」

修道が言葉をつぐ。

「人間が生きていくには、過去から未来へとつづく物語がいるんですな。アジャセは両親の愛につつまれて幸せに育ち、やがてマガダ国の王位を継承するという物語のなかで生きていたところが、出自のストーリーがまるっきりちがっておった。さあ、困った。ストーリーの齟齬《そご》を解消するため、父親を殺し、母を幽閉することで、出自の部分を消しさろうとしたんですな」

受講生がうなずくのを見て、及川に問いかける。「ビンビサーラが描いておった物語はどんなものですかな」

「世継ぎを得て、国をつがせ、幸せな人生をおくる。ところが、世継ぎを得てというストーリーの出だしの部分でつまずきました。その齟齬を解消するために——親としてアジャセはもちろん可愛かったとおもいますが——よりいっそうの愛情をそそいだ。結局、物語は自分の欲がつむぎだしているということに、ビンビサーラはお釈迦さんによって目覚めさせられたということでしょうか」

「そのとおりですな」

加世子に目を転じて、「イダイケについてはどうおもわれますかな」

「そうですね」束の間、考えてから「ビンビサーラとおなじ物語を描き、その物語を生きようとしたのでしょう。ただ——」

「ただ?」

「イダイケの物語は自分のお腹を痛めたという事実からはじまっていますから、途中でストーリーがかわっていこうとも、自分の存在にゆらぎはないのかもしれません」

「なるほど、母親としての実感ですな。ならば、その逆はどうでしょう。自分はなぜこの世に存在しているのか。物語の発端がわからない人間はどうやって物語をつむぎ、生きていけばいいのか。人生のスタートがわからんのですから、ここに苦悩が生じる。ジーヴァカが生母のサーラヴァティーに会いに行ったのは、これから物語をつくるための自分さがしではなかったか――わたしはこうおもうておりますが、母親としてはいかがですかな」

問いかけられて加世子は言葉がでてこなかった。

(自分さがし……。卓也はわたしに反抗しているのではなく、出発点に懐疑しているため自分のこれからの物語をどうつくればいいのか苦しんでいるのではないか……)

なにかが見えてきそうな気がして身体が熱くなった。

「あと一点、物語ということでつけくわえておけば」

修道がまとめにかかった。

「ビンビサーラもイダイケも、今生《こんじょう》の命がつきたらば救われていく世界があるということが腑におちてわかった。ここに物語が完結し、心に平静がおとずれたということになりますな。キリスト教のことはようわかりませんが、たとえば死後の復活という教義も物語ということになるのではないでしょうか」

「なるほどな」黙っていた山城が口をひらいた。「アジャセが寝こんだのは、死んだあとの物語がヤバイからだな。地獄へおちるとなりゃ、俺だって病気になるぜ」

物語

アバヤは近隣諸国へ馬を飛ばした。

マガダ国は平和共存を望んでいるといって説得した。アバヤの人となりは諸国にきこえている。兵戈無用の仏教精神で統治したビンビサーラの実弟にして腹心であり、アバヤ自身、温厚で道理にあかるい人物だ。だが、国王たちはきく耳をもたなかった。「アジャセは自分が寝こんだら平和共存か？　これまで攻めこんできたのは誰だ！」激昂する国王もいた。

このままではマガダ国は侵略される。アジャセの身からでたサビとはいえ、国民のことを考えればなんとかしなければならない。だが、自分の力ではどうにもできない。なにか智恵はないか……。

（待てよ）

アバヤはひらめいた。

釈尊だ。

ヴァッジ国の国王はこういった。

「釈尊のいらっしゃらない王舎城になんの遠慮があろう」

説得に必死で気にとめなかったが、その言葉がよみがえる。他国の王たちは釈迦を畏敬していた。釈尊が王舎城に起居していれば他国はマガダ国に攻めてはこない。釈尊に帰ってきていただく。これしかない、とおもった。

釈尊はビンビサーラ亡きあと、王舎城の竹林精舎は筆頭の弟子である舎利弗にまかせ、自身はコーサラ国の首都シュラーヴァスティーにある祇園精舎を拠点に布教していた。祇園精舎は、シュラーヴァスティーに住む長者で慈善家が商用で王舎城をおとずれたとき、竹林精舎で修行に励む釈迦たち修行僧を見て心をうたれ、広大な土地に祇園精舎を建てて釈迦を招聘したのだった。

虫のいいお願いであることはアバヤにもわかっている。だが、ほかに方法はないのだ。ジーヴァカに同行をたのみ、半日の距離をいそいで祇園精舎にでむいた。

釈迦はアバヤの懇願を黙ってきき、ききおわると二、三度、ゆっくりとうなずき、

「わたしが王舎城にいることで戦禍が防げるというのならそうしよう」そしてジーヴァカにむきなおった。「高熱に苦しむ病人を救う場合、どういう手順をふむかな?」

「まず――」

唐突な質問にジーヴァカが当惑しながら「薬草をもちいて苦痛をやわらげ、ついで高熱の原因をさぐり、それを治します。熱をさげるのが対処療法、病気を治すことを根治療法

ともうします」

「対処療法しかおこなわなければどうなる?」

「苦痛は一時的におさまりますが、病気をそのままにしておくためしだいに悪化し、高熱をくりかえし、やがてとりかえしのつかない事態になるでしょう」

「わたしが王舎城に住まえば他国は攻めるのを遠慮するかもしれぬ。だが、それは対処療法であって根治療法ではない。アジャセがいまのアジャセでいるかぎり、マガダ国はつねに危機にさらされる。高齢のわたしはまもなく逝くであろう。そうなれば他国が攻めいり、マガダ国は消えてなくなってしまう」

アバヤが身を固くした。釈尊のおっしゃるとおりだとおもった。アジャセ王が改心し、ビンビサーラのように兵戈無用の仏道精神で他国に接しなければならない。

「釈尊――」アバヤがすがるようにいった。「王舎城においでいただけるのであれば、ぜひアジャセ王に会っていただけないでしょうか」

「わたしからも、ぜひ」ジーヴァカが頭をさげる。

「そなたのアジャセをおもう気持ちは尊い」釈尊が慈悲の眼差しでジーヴァカにいう。「だが、アジャセは会いたがるまい。飢え死にの危機に瀕しておろうとも、空腹をおぼえぬ者に食べものをさしだしても手をのばすことはない。そなたが友人として行くがよい。アジャセに会って、いまから話すことを、わたしからの伝言としてつたえよ。心の病を治さぬかぎりアジャセの救いはない」

釈迦が竹林精舎にもどってくるときいて、ダイバダッタは小躍りした。これで、近隣諸国が連合軍を組織して王舎城に攻めこむという懸念はなくなった。アジャセが王の座を追われてしまえば、外護者にすべくこれまで築いてきた計画が水の泡になってしまう。帰ってくる理由はわからないが、なんであれ結構なことだ。

気がかりはコーカーリカだ。姿をまったく見なくなった。野心家が修行に目覚めて托鉢修行にでかけたとはおもえない。見限って距離をおいたのだろう。

(これからわしの天下になるというのにバカなやつだ)

ダイバダッタは胸のうちでつぶやいた。釈尊が亡くなれば甥の自分が衣鉢をついでなんの不思議があろう。異をとなえるとしたら高弟たちだろうが、やつらは所詮は他人。結局、血脈がものをいうはずだった。

問題は、どうやって殺るか。他人にまかせたのが悪かった。確実なのはみずから直接手をくだすことだ。ダイバダッタは手をひろげて十指の爪を見る。毒だ。爪の先に猛毒を塗り、この手で殺すのだ。これ以上、確実な方法はあるまい。

ジーヴァカとアバヤは早朝、釈尊と高弟たち数人とともにコーサラ国を発ち、日暮れに王舎城についた。アバヤは館に帰り、ジーヴァカひとりがその足で宮殿をたずねた。

油の火をともした薄暗い部屋で、年配の女性が丁重に頭をさげた。髪をうしろで無造作に束ね、化粧気のない、やつれた顔……。侍女かとおもったらイダイケだった。ジーヴァカがしる高慢なイダイケはそこにはいなかった。

ベッドの脇の椅子を勧められ、ジーヴァカが浅く腰かけた。瘡が顔を覆っている。胸元からかけた白いシーツのあちこちが血膿を吸って褐色の染みをつくっている。異臭が鼻をついた。

「見てのとおりだ。俺もマガダ国もおわりだ」アジャセが自嘲するようにいった。

「他国は手を引きました」

「どういうことだ?」驚いて身体をおこそうとするのをジーヴァカが押しとどめ、アバヤが釈迦にたのんだ経緯を話した。

「アバヤがそこまで……」アジャセがつぶやくようにいう。「アバヤは身を挺して、わたしが〝母親殺し〟になるところを救ってくれた。そして今度はマガダ国を……。国王の実弟というだけで徒食《は》を食んでいるものと見くだしてきた。なんと愚かなことを……」

涙が瘡に滲みてヒリヒリと痛むのだろう。顔をしかめた。ジーヴァカが布でやさしく押さえて拭きとった。

「子供のころ」アジャセは遠い記憶をまさぐるようにいった。「よくいっしょに遊んだな。

あのころは楽しかった。本当に楽しかった。一歳しかちがわないけど、ジーヴァカはやさしくいたわってくれて、じつの兄のような気がして……」

ジーヴァカの脳裡を母サーラヴァティーの顔がよぎり、アバヤとサーラヴァティーの声が耳の奥によみがえる。

――ビンビサーラ王もサーラヴァティーを可愛がり、わたしもお供してよく店に遊びに行ったものだ。

――お願い、もう帰って。悪い母親であることはわかっている。でも仕方なかったの。仕方なかったの……。

アジャセがジーヴァカの手を握った。「眠れないんだ……。つらい、苦しいんだ」

「そうでしょう」ジーヴァカが厳しい顔で突き放すようにいった。「眠れなくて当然です。あなたはそれだけの報いを受けることをなさったのですから」

アジャセは唖然として言葉がなかった。

「なぐさめてほしいのですか」ジーヴァカは容赦なかった。「すんだことです、忘れなさい、新しい明日がはじまりますよ――そういってほしいのですか」

「そこまで……」かすれる声でいった。「わたしは地獄へおちるしかない……、救いはないのか」

「救いはあります」

「ある？」

「あります」

「わたしは救われざる大罪を犯した人間だぞ」

ジーヴァカがうなずいて、「釈尊からお預かりしてきたお言葉をおつたえします」言葉を切って、「ふたつの白法《びやくほう》あり、よく衆生を救《たす》く。ひとつには慚《ざん》、ふたつには愧《ぎ》なり」

「ふたつの白法……」

「白法とは、清浄潔白な法（尊い教え）のことで、釈尊はアジャセ王につぎのようにお話しせよとのことです。——みずからを追いつめ苦しむのは慚愧の心があるからで、慚愧の心によってアジャセ王、あなたは救われていく」

「慚愧の心？」

「はい。釈尊によれば慚も愧も〝恥じる〟という意味ですが、《慚》はみずからに恥じらいを感じること、《愧》は他人に対して恥じらいを感じることです。衆生——すなわちわたしたち人間は必ず罪をおかすものです。ちょっとしたウソから人の命を奪うほどのあやまちまで、大小さまざまのあやまちをおかしながら生きていくものでございます」

アジャセが無言で耳をかたむけ、ジーヴァカがつづける。

「慚愧の心をもたない者は、あやまちを他人のせいにしたり、ああするより方法がなかったのだ、仕方なかったのだと責任を他に転嫁し、自己正当化をはかろうとします。かのように慚愧の心をもたない者はもはや人に値せず、畜生であると釈尊はおっしゃいます。いいかえれば、慚愧の心をもってみずから犯した罪を恥じて苦しむのは、アジャセ王がまさに《人》であることの証明であるがゆえに救いの道がある——釈尊からそうもうし伝えよといわれてまいりました」

「わたしが救われていく道……」

「そうです。釈尊のもとへまいりましょう。あなたの病をお救いくださるのは釈尊をおいてほかにはいらっしゃいません。さあ、いますぐ。わたしがお供いたします」

「し、しかし……」アジャセがシーツを握りしめる。「わたしは父親を殺めた極悪人だ。しかもダイバと手を組み、釈尊殿から教団を奪おうとすることに手を貸したのだ。どのツラさげて会いに行けるのだ」

「善見……」イダイケがアジャセの手を両手でくるむようにして語りかける。「お行きなさい。釈尊はあなたの気持ちはすべて見とおしてらっしゃいます。このわたし——わが子を産み殺そうとした極悪人ですら釈尊はお救いくださいました。お行きなさい、善見」

「行けない、行けないんです、わたしは」

うめくようにいった、そのときだった。

——ためらうことはない。行け、ジーヴァカにしたがうがよい。

アジャセがハッとして声の主をさがす。部屋にはジーヴァカとイダイケしかいない。ふたりは声がきこえていないのか、静かに見守っている。

声がつづける。

――釈尊はすでにご高齢になられておる。釈尊が世を去ったら、おまえは地獄におちて苦しむしかなくなるぞ。わしにはそれが耐えられないのだ。

(誰だ、何者だ!)

――わしはそなたの父、ビンビサーラである。

「ウワーッ!」

「王様!」

「どうしたの!」

アジャセの顔の瘡から血膿が汗といっしょに首筋を流れていく。血膿は全身の瘡から噴きだしているのだろう。身体にかけた白い布が暗褐色に染まっていく。荒い息をする。

「善見! 善見! 死なないで、善見!」イダイケが手を握りしめる。

ジーヴァカが手を小刻みに震わせ、「釈尊……」祈るようにつぶやいた。

満天星の下――。

霊鷲山で坐禅を組んでいた釈迦がジーヴァカのつぶやきに反応した。目をあけると、高弟たちにつげる。

「わたしはアジャセを救うために涅槃にはいらず」――死期をさとってはいるが、まだ死ぬわけにはいかない。そういったのである。

高弟のひとり摩訶迦葉が遠慮がちに問いかけた。「釈尊はなぜ、アジャセのためだけに入滅されないとおっしゃるのでございますか」万人平等の教えに反しているのではないか、という戸惑いであったのだろう。

釈尊はいった。

「アジャセのためというのは、煩悩をもつすべての者のためということである。煩悩をもつ者とは、真実の法をしることのない者のことであり、したがって、それは清浄で安穏な法をさとることに縁のない者のことである」

煩悩をもつ者すべてとは、衆生――すなわち人間すべてのことをさし、アジャセを衆生の象徴としてとらえることで、釈迦は仏《ぶつ》による救済を説いたのだった。

釈迦は再び目を閉じると月愛三昧《がつあいざんまい》の行《ぎょう》にはいった。月愛三昧とは仏の慈悲を夜空にうかぶ月の光にたとえたもので、すべての人々をやさしく照らし、苦悩をやわらげることをいう。

雲間から月が顔でもだしたかのように、いきなり窓から青く透きとおるような月光がさしこんできた。ジーヴァカとイダイケが顔をあげた。月光が荒い息をする病床のアジャセをつつみこむようにそそぐ。ジーヴァカは釈尊が月愛三昧の行にはいったことをしる。

「見て、ジーヴァカ……」イダイケが息をつめてアジャセの顔を見つめる。

「瘡が引いていく！」ジーヴァカが叫んだ。

あたかも満ちていく海水が乾いた砂浜を潤していくかのように、月の光が瘡を消していった。イダイケが胸元の白い布をそっとめくる。瘡は跡形もなかった。

アジャセが目をあけ、身体をおこした。腕に目をやり、胸元に目をやって「わたしの瘡はどうしたんだ？」とジーヴァカに問うた。

「お釈迦さまが月愛三昧という仏の光を瞑想によって王様にお送りし、瘡を治してくださったのです」とつげた。


ダイバダッタは竹林精舎の自室にいた。

釈迦は霊鷲山で月愛三昧の行にはいっているときいている。なぜそんなことをするのかしるよしもないが、夜が深まるのは好都合だった。毒キノコから採った毒を溶かし、十指の爪に塗ってある。

この爪で釈尊を引っ掻くだけでよい。毒はたちまち全身をめぐる。もがき苦しむときいているので、騒ぎになる。難があるとすればそれだが、わしはすばやく自室にもどればよい。比丘たちが駆けつけるだろうが、釈尊はわしの名前を口にすることもできまい。フッフッフと笑った。最初からこうすればよかったのだ。

入口がざわついた。釈尊たちが帰寺したようだ。ダイバダッタは自室をでると、爪でわが身を傷つけないようにしながら池にいそぎ、雑木のあいだに身をひそめた。竹林精舎の坊舎は渡り廊下で結ばれている。釈尊は自室におちついたあと、就寝勤行のため、ここをとおって比丘たちが坐して待つ本堂へむかうはずだ。

ものの十分ほどで石畳を擦る足音がきこえてきた。ダイバダッタのこめかみが脈うつ。足音がしだいに近づいてくる。屋根のない渡り廊下で、月明かりに釈迦の姿がうかんだ。「ようこそお帰りでございます」廊下の端に土下座していった。「改心いたし、怠りなく修行に励んでおります」

釈尊が足をとめて見おろす。「心は言葉ではなく、響きにあらわれるもの。口は重宝なものとおもうておるなら心得ちがいもはなはだしい」

「はっ」

額を石畳にこすりつける。鼻先に釈尊のふっくらとして厚みのある足がある。突きたてなくてもいい。この爪で甲をひと掻きさえすれば……。

土下座の指先に力をこめる。左手をついたまま右手をのばした。釈迦の足に爪がふれる。力をこめた。見た目とちがって石よりも固い。爪が根元から折れた。あわてて左手で掻いた。先が折れた。

「ちきしょう！」

叫んで立ちあがった拍子に、ギザギザになった爪先が右の手の甲を引っ掻いた。

「あッ！」

右手を押さえ、恐怖に顔をひきつらせる。

「ギャーッ！」

数呼吸ほどして胸を掻きむしるダイバダッタの絶叫が尾を引いた。

本堂から比丘たちが走りでてくる。ダイバダッタの実弟の阿難が事態を見てとった。「兄が、兄が」泣きながら釈尊のまえにひざまずく。「おわびのしようがありません。わたくしは兄の遺骸とともに教団をさります」

「いや」釈尊がやさしく語りかける。「兄のノドの渇きはそなたが水を飲んで潤うものではない。ダイバは地獄におちた。そなたは修行に励むがよい」

ジーヴァカがアジャセの説得をつづけていた。月愛三昧で瘡が跡形もなく消え、釈迦に感謝し、その力を畏敬し、釈迦をたずねて救われたいと渇望しながらも逡巡している。

「善見、お行きなさい」イダイケの何度目かの口添えにアジャセはうなずいてから、ジーヴァカに念押しをする。

「わたしといっしょに象にのってくれるか。得道の人といっしょにいれば地獄におちないそうだから」

この言葉でジーヴァカはさとった。

アジャセは「釈尊に会わせる顔がない」とくりかえしているが、本心は地獄におちるのではないかと怖がっているのだ。「得道の人」とは仏道修行によってさとりをひらいたという意味で、「いっしょにいてくれ」という懇願は、それほどにアジャセは自分の犯した罪に恐怖しているということだった。

釈尊によってしか救われないといくら説得しても、信じきれない自分がアジャセのなかにいる。「信じる」ということがいかに難事であるか、ジーヴァカは人間の業の深さをおもいしらされ、深く同情をよせるのだった。

「信じること」のむずかしさ

カルチャー教室／講師の解説と聴講生たち

ここで説くべき仏教テーマは、釈迦がジーヴァカに託してアジャセにつたえた「慚愧」だが、修道はこれにくわえて、「なぜアジャセがジーヴァカに心をひらいたのか」ということを話し合っておきたいとおもった。わたしたちの生き方、人間関係にかかわることだからだ。

「なぜですかな」――単刀直入に問いかけてみた。

「ほかに頼るもんがいねぇからじゃねぇか」山城は明快である。「昔懐かし竹馬の友だ」

「でも――」又吉青年がやんわり異をとなえる。「いくら竹馬の友でも、ジーヴァカのいうことに納得しなければ心はひらかないいんじゃないですか」

「バカ野郎」山城はゆずらない、「アジャセは死にそうになってヒーヒーいってるんだ。そこへ竹馬の友がやってくりゃ、納得もクソもねぇよ」

及川がふたりの〝論戦〟を無視して、「ジーヴァカは、ひとこともなぐさめの言葉を口にしませんね」と鋭い指摘をした。

「本当だわ」加世子が及川に追従する。「ジーヴァカは〝眠れなくて当然、それだけの報いを受けることをしたんだから〟――あなたが悪いと面とむかっていってるわけでしょう。わたしならいえないわ」

「そこですな」修道が満足そうな笑みをうかべて、「先の六師外道の助言とくらべてどうですかな。六師外道は口をそろえて〝王様、あなたは悪くない〟といってなぐさめた。ところがジーヴァカは、その真逆をいうわけですな。ここにアジャセは――そうと意識しているかどうかは別として――ジーヴァカが本気で自分によりそってくれていると感じて心をひらいた」

「よくわかんねぇな」山城が口をとがらせる。「おまえが悪いなんていわれたら、ブッ飛ばしもんだぜ」

「そういう意見もあるでしょうが」修道が角がたたないように受け流して、

「こういうたとえはどうですかな。背が低いと深刻に悩んでいる人に〝低くなんかないよ、気にするなよ〟となぐさめて相手は悩みから解放されますかな。口先だけのなぐさめはよしてくれ――反発するのが人間ではないですかな。背が低いことは自分でよくわかっている。わかっているのに、そんなことないよ、という人の言葉は軽く、信頼できない。反対に〝たしかにあんたの背は低い〟と事実を口にし、そのうえで〝それは人生において本当にハンデなのだろうか〟といっしょに考え、よりそってくれる人に心をひらくのだろうと、わたしはおもうております」

「わかりますね」及川がわが意を得たりという顔でいう。「気休めなんかよしてくれ、という心境ですね」

「じゃ、なぐさめる人間はバカみてぇじゃねぇか。親切でいっているのによ」

「まあまあ山城さん」修道が制して、「わたしがいいたいのはここからで、同様に自分で自分をなぐさめたのでは苦悩からは解放されませんよ、ということです」

「それは、たとえば」加世子が真剣な表情で口をひらく。「たとえば、わたしは悪くない、悪いのは相手……そういうおもいのことですか」

「ですな。とてもわかりやすい言い方だ」

「わたしは誠心誠意つくしているのに、それを相手はわかってくれないとか……」

「まさしく羽田さん、そのとおりですな。しかし、それは自分に対するなぐさめにすぎんことを自分自身がいちばんよくしっておる。だから、納得しない。できない。苦悩のドツボにはまるのは道理ですな」

山城が黙りこくった。又吉青年も、及川も、加世子もなにかを考えているようだった。

（人間は自分に言いわけをしながら生きていく）

と修道はおもう。

人間関係において苦悩に直面すると、その原因をさがして「自分」と「相手」を五目ならべのように交互にならべていく。「相手が悪い」「自分も悪い」「相手が悪い」「自分も悪い」とならべていって最後は「相手が悪い」でおわる。「自分も悪い」からはじまっても、「相手が悪い」「自分も悪い」「相手が悪い」でおわる。自分に対しては「自分も悪い」で、相手に対しては「相手が悪い」になる。人間はそうしたものだというのは簡単で、自分も講義ではそう話すが、〝五目ならべ〟から解放されないかぎり、苦悩から解き放たれることはない。

「ま、なんにしても」

と修道が口をひらく。「自分に非があると認めることはつらいことですが、自分に対するごまかしはハツカネズミが回し車のなかをクルクル駆けているようなものですな。さて、つぎに《慚愧》について話しておきますかな」

口調をあらためると、ホワイトボードに歩みよって、

「《慚愧》は一般的に『ざんき』と読みますが、仏教では『ざんぎ』と読みまして、涅槃経に『無慚愧は名づけて人《にん》とせず』と記されておる。ジーヴァカがお釈迦さんの言葉としてアジャセにこれをつたえるわけですが、物語にあるように、罪を自覚し、天に自分に恥じいるところから救いが生まれるというわけですな。『無慚愧＝人とせず』ですから畜生ということになる。〝わしは悪うない〟と、かたくなに自己弁護し、自分をなぐさめつづける人は畜生であり、苦悩から救われることは金輪際ないということになりますな」

山城と目があう。「先生よ、なにかというと引き合いにするようだが、まさか俺のことじゃねぇだろな」おどけた口調でいったので、クスクスと笑いがおこる。

「で、月愛三昧につきましては、もうおわかりだとおもいますが」

演台にもどりながら、「お釈迦さんが超能力でレーザービームをとばしたわけではありませんな。解釈はいろいろで、お釈迦さんの慈悲をあらわしているともいえますし、その慈悲に照らされたアジャセが自分自身を見つめているともとれる。あるいは瘡を治してみせることで、アジャセがお釈迦さんのところへ行ってみようかという気にさせたとも考えられますな」

水でノドを潤して、

「ここでわたしがもうしあげておきたいのは――すこし話がそれますが――アジャセがお釈迦さんのことを信じきっていないということについてですな。ことほどさように、信じる、信じてもらう、ということはむずかしい」

加世子が顔をあげた。修道の言葉をまっている。

「信じるというのは自分の判断で、〝なるほど、こうこうこうだから、この人のいうことは信じられる〟とこうなる。理屈ですな。だから、理屈にあうかぎり信じておるが、ちょっとでも疑念が生じると〝信じられない〟になってしまう。もろい人間関係ですな」

加世子がうなずく。

「これに対して、理由がようわからないまま、あの人のいうことはすべて信じる――こういう信頼関係がありますな。理屈抜き。その人そのものを信じておる。これを『疑蓋《ぎがい》（疑いの蓋《ふた》）なき心』という。親子、兄弟、同僚、他人と人間関係は多様ですが、〝おとうちゃんのいうことだったら〟〝お母ちゃんのいうことだったら〟という疑蓋なき《信》があるや否や。信じる側も、信じられる側も、このことはもっと考えてしかるべきだと、わたしはおもうところでございます。みなさん、親子関係はいかがですかな」

「疑蓋だらけですよ」又吉青年の言葉にドッと笑いがおこるが、加世子も、及川も、そして山城も笑わなかった。

物語

翌朝、アジャセとジーヴァカは釈迦のもとへむかうため、象の背に設《しつら》えられた天蓋つきの革張りシートにならんで腰をおろした。アバヤがもう一頭にのっているだけで、お供はつれず、宮殿を出発した。

「ヤー！」

象の頭部に座る象使いがかけ声をかけると、象が巨体をゆらし、大地に太い足を踏みしめるようにしてゆっくりと歩きだす。アジャセは緊張した顔でジーヴァカの腕をしっかりとつかんでいた。

三人は霊鷲山の麓で象をおり、石畳の登山道「ビンビサーラの道」を徒歩で登っていく。アジャセはビンビサーラのことを考えているのか、ジーヴァカの腕に手をからめたまま山頂につづく石畳に目をおとし、黙々と足を進めている。

山頂の広場で、釈迦は高弟たち数人と坐禅を組んでいた。一晩中そうしていたのだろう。夜露を吸った法衣が旭日に照らされて光って見えた。

釈迦が半眼をアジャセにむけた。アジャセが身を縮めるようにして頭をさげ、「瘡を治していただき誠にありがとうございました」と丁重に礼をのべてから、「なぜこの罪業深重なるわたくしが救われるのでございましょう」緊張に声を震わせながら問いかけた。

釈迦は答えず、問いかけで応じる。「なぜ、そなたは地獄におちるというのか」

「なぜ？　なぜとおっしゃるのですか」アジャセが驚いて、「わたしは父上を殺めた人間です。地獄におちるしかないじゃありませんか」

「そなたが地獄へおちれば、すべてが帳消しになるというのか」

不意をつかれてアジャセが絶句する。アバヤもジーヴァカも、釈尊がなにを説くのか息を呑んで言葉をまった。

「よくよく考えるがよい。そなたが地獄におちることによって、父上の死も、母上に対する仕打ちも、他国への侵略もすべて帳消しになるというのか」

「そ、それは……」アジャセが口ごもる。

「自分では気づいてはおらぬが、地獄へおちることに総毛立つほどに恐怖しながらも、地獄におちればすべてが帳消しになるというおもいが心に潜んでいる。なぜなら『罪業深重＝地獄におちる』というおもいは、地獄と罪悪が等量であるということにほかならないからだ。そなたが地獄におちたからといって父上は生きかえるわけではない。そなたを必死で看病した母上のおもいが救われるわけではない。くりかえすが、身勝手なおこないがいまの苦悩を生みだし、地獄におちさえすればすべてが帳消しになるという、さらなる無意識の身勝手なおもいが恐怖を生みだしておるのだ」

「身勝手なおこない……身勝手なおもい……、ああ、わたしはなんてことを！」

「アジャセよ、そなたのその苦しみこそ慚愧なのである」いつくしむようにいって、「もろもろの苦悩は、自分中心の身勝手な考えや価値観にあるのではなく、そうと気づかず、自分は正しいとおもいこむ、慚愧なき心に宿るのだ」

「釈尊――」頭をかかえていたアジャセが毅然と顔をあげていう。

「お言葉で目が覚めました。これから生涯をかけて、わたしが犯したあやまちを多くの人もいます」

にったえ、わたしがそうであったように〝目を覚ましなさい〟と呼びかけていきたいとお

「父親殺し」という罪業を背負って生きていく覚悟を決然と表明し、誓った。

「わたくしのような罪悪深重の人間が釈尊によって目覚めることができたのは、伊蘭樹《いらんじゅ》の種子から栴檀樹《せんだんじゅ》が生じたようなものだとおもいます。人々の目覚めと救いのためであるなら、わたしは地獄にさえまいります」

伊蘭樹は悪臭の木で、仏教経典では煩悩のたとえに用いられるが、伊欄樹の林であっても、芳香の栴檀樹が一本でもあれば悪臭は好香に変じるとされる。アジャセは自分の目覚めを、こうたとえたのである。

ジーヴァカが目を潤ませてアジャセを見ている。すべては「折れ曲がった小指」からはじまった。治すと約束して医学の勉強に旅立ったものの、結局、どうすることもできなかった。だが、釈尊のもとに導き、アジャセは目覚めた。

(わたしは小指を治したんだ)

ジーヴァカはそうおもった。

「悪いのはわたし」という出発点

カルチャー教室／講師の解説と聴講生たち

「以上で講義は終わりですが、いかがですかな。親を殺すかどうかはともかく、親子の諍《いさか》いはどこにでもある。このことから『王舎城の悲劇』は読みつがれ、時代をこえて共感を呼ぶようですな」

多くの受講生がうなずいている。子をもつ親が大半のようだが、若者も何人かいて、それぞれおもうところがあるのだろう。

修道が言葉をつぐ。「親にしてみれば子のためだとおもうて口うるさくいいますが、子は鬱陶しがる。親としては腹がたちますな。だけど子にしてみれば、わしゃ、親のロボットやないでぇ——こうおもうとるから、腹をたてる親に腹をたてる」

「だけど、先生」加世子が口をひらく。「子のためをおもう親の気持ちは純粋で尊いんじゃないですか。鬱陶しがるのは、子供が人間として未発達だからだとおもいます」

「それ、ちがうよ」又吉青年が異をとなえる。「子供のためというのは結局、親の価値観であり、エゴじゃないですか。子供は大迷惑です」

「わたしが見るところでは」及川が気むずかしい顔でいう。「親が子をおもうほどに子は親をおもっていない。親に対する恩義はしだいに希薄になっていくようですな」

「そりゃ、親には育ててくれた恩義はあるけどよ」と山城が口をはさむ。「子供も一端《いっぱし》になりゃ、てめぇの家庭だってあんだろう。老いぼれた親の世話をするとなれば、なんだかんだ問題もでてくるんじゃねぇのか」

親子を論じてはいるが、意見が嚙みあっていない。たぶん、それぞれがわが身に引きよせて語っているからだろうと修道はおもった。だが、悩みが人によってちがおうとも根源はひとつなのだ。

修道がいう。「親子の諍いや人間関係における苦悩の原因は、これまで六回の講義でおわかりのようにそれぞれの身勝手なおもい――すなわち自分が正しい、自分のおもいどおりにしたいという執着にある。ビンビサーラ、イダイケ、アジャセ、ダイバダッタ……。みんな自分は正しいとおもうておる。すくなくとも、そうするしか仕方がないんだ――こうおもうておるから悪事もはたらく。これはおわかりいただけたかとおもいます」

言葉を切り、受講生たちを見まわして、「では、苦悩から解き放たれるにはどうしたらいいですかな」

「身勝手だの執着だのをスッパリと断ち切ればいいんだ」山城が得意そうに鼻をうごめかしていう。

「そのとおりですな。だけど山城さん、スッパリ断ち切れますかな。みなさん、よーく考えてみてください。身勝手さ、執着心、欲、もっといえば、わたしは悪うない――このおもいがスッパリと断ち切れるものかどうか」

教室がザワつく。「無理かもしれないっスね」又吉青年がいうと、「かい、かもしれないじゃなくて、無理だね」と及川がいった。

修道がうなずいて、「残念ながら、わたしたち凡夫は執着を断ち切ることはできないんですな。どんなに断ち切ろうとしても、それは不可能。わたしが僧籍をおく浄土真宗開祖の親鸞聖人にこんな言葉がありますな」

といって暗唱する。「凡夫《ぼんぶ》というは、無明煩悩《むみようぼんのう》われらが身にみちみちて、欲《よく》も多く、怒り、腹だち、嫉《そね》み、妬《ねた》む心多く、ひまなくして臨終《りんじゆう》の一念にいたるまでとどまらず、消えず、絶えず」

ホワイトボードに「欲」と書きつけて、

「わたしたちは死ぬまで欲とふたりづれなんですな。会社勤めしておるときは出世という欲がある。歳をひろうてリタイヤしたら、健康でありたい、長生きしたい。出世したいという欲の方向がちごうてきただけで欲はピンピンしておる。ということは」

演台にもどってきて、「執着を断ち切って苦悩から解放されるのではなくて、執着する心をいだいたまま、苦悩の原因は執着にあることをしることによって解放される。これを

〝目覚め〟とわたしはいうておる」

「王舍城の悲劇」は救いについてさまざまな角度から論じられるテーマだが、修道はいまを生きる受講生たちに、このことをいちばんつたえたかったのだった。

「そのためには、〝わたしは悪うない〟というおもいをいっぺん捨てさって、〝悪いのはわたし〟とおもうてみてはいかがですかな。それまで見てきた風景がガラリとかわり、あらたな価値観と人間関係が見えてくるでしょう。それが、苦悩から解放されるということだと、わたしは『王舍城の悲劇』から読みとくのであります」

「だけど、先生」加世子がいう。「無明煩悩のわたしたちが、悪いのはこのわたし、とおもうのはむずかしいんじゃないですか」

「いいところに気づかれましたな」修道が満足そうに二度、三度とうなずいて、「むずかしい、たいへんむずかしい。だから、ビンビサーラも、イダイケも、そしてアジャセも、そうと意識しないまま、悲劇と苦悩をとおしてそのことに目覚めていく。つまり悩みや不幸こそ、気づきの糧《かて》ということになるんですな。いま悩んでいる人、苦しんでいる人がこのなかにいらっしゃるなら、ビンビサーラに、イダイケに、アジャセにおもいを馳せ、自分は彼らとおなじように〝自分は悪くない〟と自分に言いわけしているのではないかと、わが身をふりかえってみてはいかがでしょうか」

受講生たちがうなずくのを見まわしてから、

「では、以上をもちまして講義はおわりといたします」

拍手に頭をさげて、修道は演台をおりた。


「さて、打ち上げでもやるかい?」

山城が提案したものの、〝仕切り役〟の立場上、そういっただけのようだ。乗り気ではなさそうな口調だったので、すかさず及川が「わたしはちょっと」と断り、「ごめんなさい、わたしも」加世子がいい、又吉青年も「自分も」と言葉をつづけた。

「そうかい。じゃ、またあらためてということにするか」

「山城さん、ありがとう」加世子がいった。「ズバリと先生に質問してくれるからとてもわかりやすかったわ」

「それ、ホメてくれてるのかい?」

「もちろん」

「姐さん、いろいろあんだろうけど、ガキのために早番で亭主見つけろよ」

「ええ、なんだかそんな気になってきたわ。又吉君――」顔をむけて、「まだ若いんだから東大にチャレンジしてみたら? 今度はうまくいくような気がするわよ」

「うん」親にいわれてじゃなく自分の意志で――という言葉を又吉は飲みこんで爽やかな笑顔を見せた。

「じゃ、みなさん、連絡をとりあいましょう」

及川が笑顔でいい、お互いがメルアドと携帯の番号をメモしながら、

（連絡をとりあうことは、たぶんないだろう）

と四人はおもった。

それぞれが、それぞれの人生をかかえ、悩み、格闘し、前途にさす一条の光明にむかって足を踏みだしていた。


講師控室にもどった修道が、おしぼりで顔をぬぐい、熱いお茶をひと口すすってから、《苦悩の本質を、お釈迦さまがときあかす》という講座の案内チラシを手にとった。

生きていくというのは厄介なことだと、つくづくおもう。かぎられた命であることにおもいを馳せれば、日々の生活に、人間関係に一喜一憂することのなんと愚かしいことか。そうとわかっていながら、意にかなえば笑い、違《たが》えば怒り、悩み、そして苦しみの淵に沈んでいく。それが人間だというなら苦笑するしかあるまい。

ショートメールの着信音が鳴った。

長男の嫁からだった。「誕生日おめでとうございます。お彼岸にはぜひ帰ってきてください」とあった。

じっと文面を見つめる。

ノックして事務員がお茶をつぎたしにはいってきた。

「あら、先生、ニヤニヤなさってなにをご覧になってるんですか」

「いやいや、つまらんメールがきて、迷惑しておるんだ」

修道があわてて、スマホを法衣のたもとにいれた。


（第六回講義・了）

後書き

本書は、古代インドに起こった実在の事件「王舎城の悲劇」のストーリーを追いながら、カルチャー教室を舞台にした老僧侶と四人の受講者たちが織りなす物語で、「自分の都合（我執）」こそが苦の根源であることをメインテーマとした。

したがって教義については必要最小限にとどめ、「なにを書くか」ではなく「なにを書かないですむか」をコンセプトとして構成とストーリーを工夫した。「仏教っておもしろい」とおもっていただき、仏縁を結ぶ一助になれば、僧籍にあるひとりとして望外の喜びである。

本書で語るストーリーは以下をベースとした。アジャセの出生の秘密からビンビサーラを餓死させるまでは中国浄土教の名僧・善導大師の『観無量寿経疏』、わが子アジャセ王に軟禁されたイダイケ妃の「救い」は『仏説観無量寿経』、そしてアジャセ自身が救われていくくだりは『涅槃経』で、先達諸氏がそれぞれについて解説した著書を参考とした。

わたしが僧籍をおく浄土真宗開祖の親鸞は、主著『教行信証』信巻においてこの物語を引用し、救いがたい人間――五逆罪、謗法《ほうぼう》、一闡提《いっせんだい》の救いについて明らかにするなど、「王舎城の悲劇」は奥深く、興味を持たれた方は参考文献に掲げた著作を紐解いていただければ幸いである。ちなみに「五逆罪」は父母を殺すなど、もっとも重い罪のことで、「謗法」は仏教の正しい教え（正法）を謗《そし》ること。「一闡提」は非道者——すなわち成仏が不可能な者のことをいう。

また、フロイトのもとで研究した古澤平作が、フロイトの「エディプス・コンプレックス」と対照させて「阿闍世コンプレックス」を創唱するなど、「王舎城の悲劇」は精神分析の分野にも大きな影響を与えている。

本文でも触れたように、仏教は無限大の宇宙に似て一筋縄ではいかない。仏教について語るのは、釈迦が説く「十二縁起」のごとく、「これを説くためにはあれを説き、あれを説くためにはそれを説き、それを説くためにはこれを説き」——と無限連鎖となり、これを読む人は〝教義の宇宙〟で行き場を見失ってしまうだろう。「なにを書くか」ではなく「なにを書かないですむか」をコンセプトにした所以である。

わたしはハウツーから自己啓発、小説まで「現実」を視点に据えた著書が多い。観念論でなく、「現実を生きるわたしたちに、それがどう役立つのか」——このことを念頭に書いている。本書もまた、「王舎城の悲劇」をトレースしつつ「いかにして、わたしたちは苦悩から解放されるか」をテーマとした。読者諸賢が釈迦の智慧をわが身に引きよせ、日々の生活に活かすことで「苦悩の正体」に目覚め、確固とした幸せな人生に資するものとなれば幸いである。

本書執筆にあたり、法友にして畏敬の友人である西原龍哉氏（松戸市・浄土真宗本願寺派「天真寺」副住職）に資料の提供ならびに貴重な助言を賜った。この場をお借りしてお礼をもうしあげる。

また、企画段階からさまざまな助言をいただき、拙稿の完成を辛抱強く待っていただいた草思社・碇高明編集長に感謝したい。

向谷匡史

《参考資料》

■『観無量寿経の教え――仏との出会い』（四衢亮著、東本願寺出版部、2011年）
■『王舎城の悲劇と救い』（五十嵐明宝著、彌生書房、1989年）
■『「観無量寿経」をひらく』（釈徹宗著、NHK出版、2020年）
■『アジャセ王の救い――王舎城悲劇の深層』（鍋島直樹著、方丈堂出版、2004年）
■『浄土真宗聖典 浄土三部経 現代語版』
（浄土真宗教学研究所浄土真宗聖典編纂委員会編、本願寺出版社、1996年）
■『仏典劇本 観無量寿経――韋提希・阿闍世』（雪山隆弘著、1991年）
■『提婆達多』（中勘助著、岩波文庫、1985年）
■『古代インド』（中村元著、講談社学術文庫、2004年）

■DVD・仏典物語VOL.3『第6話 王舎城の悲劇』――仏説観無量寿経――』（本願寺出版社）
■DVD・仏典物語VOL.4『第7話 アジャセとダイバダッタ――続・王舎城の悲劇――』（本願寺出版社）
■『アニメ映画 親鸞聖人と王舎城の悲劇 シナリオ』（チューリップ企画）
■『研究ノート2／ジーヴァカ（Jivaka）の諸事績年代の推定』（森章司）
■「章提希の生と死」 真宗大谷派名古屋別院「信道講座」／田代俊孝（講義録）（2005年5月8日）
■築地常例布教／観無量寿経／紫藤常昭
■『観無量寿経ガイド』（山口教区基幹運動推進委員会、1999年）
■『観無量寿経を読む』（徳永道雄／本願寺出版社、2005年）

著者略歴――――
向谷匡史 むかいだに・ただし
1950年、広島県出身。拓殖大学卒業。週刊誌記者などを経て作家。浄土真宗本願寺派僧侶。保護司。日本空手道「昇空館」館長。人間社会を鋭くとらえた観察眼と切れ味のよい語り口に定評がある。著書として『親鸞がヤクザ事務所に乗り込んで「悪人正機」を説いたら』（ベストセラーズ）『任侠駆け込み寺』（祥伝社）『親鸞の言葉――明日を生きる勇気』（河出書房新社）『定年後、ゼロから始めて僧侶になる方法』（飛鳥新社）『浄土真宗ではなぜ「清めの塩」を出さないのか』『名僧たちは自らの死をどう受け入れたのか』（以上、青春出版社）『心の清浄をとりもどす名僧の一喝』（すばる舎）『成功する人だけが知っている「一万円」の使い方』『もし、お釈迦さまに人生の悩みを相談したら』（以上、草思社）などがある。

仏教小説 王舎城の悲劇
物語で読む浄土真宗

2021年9月23日　第1刷発行

著　者　向谷　匡史
ブック デザイン　大野　リサ
発行者　藤田　博
発行所　株式会社 草思社
〒160-0022　東京都新宿区新宿1-10-1
電話　営業 03(4580)7676　編集 03(4580)7680

本文組版　有限会社 一企画
本文印刷　株式会社 三陽社
付物印刷　株式会社 暁印刷
製本所　加藤製本 株式会社

ISBN978-4-7942-2537-5 Printed in Japan　検印省略